転生したら、
なんか頼られるんですが
4
Nekozuki Haru
著 猫月晴
画 たてじまうり

登場人物紹介
ルフェンド
エルの兄。
ちょっぴりヘタレだけど
心優しいお兄ちゃん。
セイリンゼ
エルの姉。
勝気で頼りになるお姉ちゃん。
魔法が得意。
エルティード(エル)
本作の主人公で元・社畜社員。
常識外れな能力で
いつもやりすぎてしまうのが悩み。

コラン
魔物にも精霊にも
分類されない謎生物。
やんちゃ。
ディノ
共和国の魔術師。
面倒見がいい。
感覚派で説明が下手。
セリナ
エルが王都で出会った少女。
訳ありのようで、
身分を隠している。
アイレット
共和国の魔術師。
活発で明るく、
街の皆から慕われている。

1

この世界に生まれ変わってから、本当に色々なことがあった。

王国での異常事態、帝国での『災厄《さいやく》の日』の前触れ、夜鴉団《よがらすだん》と禁忌のこと。

様々な事件がありながらも、比較的この世界を楽しめていると俺――エルティード・レシス・アドストラムは自負している。

十年後、俺が十五になったときに来《きた》る、『災厄の日』――神様いわく、今回は災厄どころか終末《しゅうまつ》とのこと。聖女《せいじょ》の力を使えば、世界を救えるかもしれないが、そうすると俺の存在が消えてしまう可能性がある。

終末という言葉は、まだ父様のゼルンドや、アドラード国王である馬鹿王《ばかおう》ことヴァルド、研究を進めてくれている家庭教師のフェルモンド先生には、話せていない。

何しろ今、彼らは俺がエルフの里《さと》から持ち帰った情報や、その他の情報をかき集め、新たな魔法《まほう》体系《たいけい》の開発に奔走中《ほんそうちゅう》なのだ。これは世界を救うため、ひいては俺を消えさせないためでもある。

せっかく災厄の日に向けての対策が軌道《きどう》に乗ってきたところなのに、『終末』などという絶望的、かつ、不確定要素たっぷりの言葉を伝えられるわけがなかった。

またタイミングを見て話そう、話そうと思っているうちにどんどん時間が過ぎていき——ついに俺、エルティードは六歳の誕生日《たんじょうび》を迎えようとしていた。

◇ ◇ ◇

「エルー、もう準備できた？」

「エル、早くー！」

「あとちょっとです」

扉の向こうから兄様と姉様の急《せ》かす声が聞こえてきて、慌《あわ》てて止めていた手を動かす。

どうやら今から王都に向かうのが、兄様のルフェンドも姉様のセイリンゼも、待ちきれないらしい。

でも、それも当然かもしれない。今日から三日間、大陸全土を巻き込んだ、五年に一度の盛大な祭り、創神祝日《そうしんしゅくじつ》が開かれるのだから。

創神祝日とは、その名のとおり、創造神及《そうぞうしんおよ》び主要神——例えば生命神《せいめいしん》だとか剣神《けんしん》だとか魔法神《まほうしん》だとか——に感謝を捧《ささ》げる日だ。

元々はそういう名目だったはずだが、長い歳月《さいげつ》をかけて、民衆《みんしゅう》が思う存分はっちゃける日へと変化していった。もちろん元々の趣旨《しゅし》も残ってはいるが、今やお祭りのほうがメインだ。

そして三日後、創神祝日の最終日に、俺、エルティードは六歳の誕生日を迎える。

ブラコンである兄姉たちが浮き足立っているのは、お祭りだけでなく、そのせいもあるのかもしれない。

「エル、まだなのー？」

また姉様の声が聞こえてきた。せっかちな兄姉たちだ。

慌てて準備を終え、扉を開ける。そこには目をキラキラと輝かせた兄様と姉様が、待ちきれない様子で立っていた。

「今日のお祭り、屋台《やたい》もいっぱい出るんだって！」

「色々な催《もよお》しもあるそうよ！　ほら、早く早く！」

兄様と姉様はこの日を随分《ずいぶん》楽しみにしていたらしい。いつになく興奮《こうふん》した様子だ。

「はいはい、ちょっと落ち着いて。どうせもうすぐ出かけるんですから」

そうたしなめると、二人は少しだけ静かになった。

依然《いぜん》として、そわそわとして落ち着かない様子ではあるが。

ほどなくして仕度《したく》を終えた父様と母様のアーネヴィも合流し、皆が玄関に集まった。

父様は転移ゲートを作り出すと、それをくぐり抜ける前に俺たちのほうを振り返った。

「楽しみにしているのはいいが、まずは教会からだぞ。今日は神に感謝する日なんだから、いつも以上にしっかりお祈りすること。いいな？」

浮き足立っている俺たちに、父様はそう釘《くぎ》を刺した。

現在ではすっかりお祭りがメインとなっているが、本来ならば粛々《しゅくしゅく》と神に祈りを捧げる日なのだ。

「まあまあ、皆お祭りが楽しみなのよ。そんなに怖い顔をしなくたっていいじゃない。私の可愛《かわい》い子供たちは、きちんと神様に感謝できるわよね？」

母様はふわりと柔らかな微笑《ほほえ》みを浮かべてそう言った。それに、兄様と姉様が元気よく応える。

父様はそれを横目で見て、フッと笑う。

そして、皆で転移ゲートをくぐった。

ゲートをくぐった先には、洗礼式《せんれいしき》のときと同じく、真っ白な教会が佇《たたず》んでいた。

教会に来たのは五歳の洗礼式のときだから、ここに来るのは一年ぶりぐらいだ。

思えばこの一年は、なんだか慌ただしい出来事ばかりで、あっという間に過ぎてしまったように思う。一年前を懐《なつ》かしみながら、教会の巨大な扉を通り、ステンドグラスで色づいた光が差し込む廊下《ろうか》を歩いていく。

昨年と同じように、全身純白の衣装を身にまとった神父《しんぷ》に出迎えられた。

「皆様、お久しぶりでございます。この度《たび》は――」

「堅苦《かたくる》しい挨拶《あいさつ》はいい。子供たちはこの後の祭りを楽しみにしていてな。長ったらしい挨拶を交わしていると、私が怒られてしまいそうなんだ」

「そうでございましたか。これは失礼を。それではこちらへどうぞ」

父様の言葉に神父はそう返して、教会の奥に設《もう》けられた祭壇《さいだん》のところまで俺たちを連れていった。

祭壇の両脇《りょうわき》には燭台《しょくだい》、上には沢山《たくさん》の果物や装飾品が並べられている。

俺たちは祭壇の前に跪《ひざまず》き、胸の前で手を合わせた。

俺に関しては信仰心がないため、ほとんど形だけのようなものだ。それでもなんだか心が落ち着くような気がした。

少しの間祈りを捧げると、隣で人が動く気配があって、目を開けた。

隣を見ると、もう父様は目を開け、立ち上がろうとしているところだった。

俺も慌てて合わせた手を崩し、父様の後ろに続く。

父様は脇で待っていた神父のもとへ向かおうとしたが、ふと何かを思い出したように足を止めた。

「私たちは少し話があるから、お前たちは先に祭りに行ってきなさい。もう待ちきれないんだろう」

兄様が小さく「やった！」と呟《つぶや》くのが聞こえる。

途端《とたん》に飛び出ていこうとする兄様と姉様をなんとか止めて、神父にお辞儀《じぎ》をしてから教会を出る。

「気をつけるんだぞ」と言う、父様の声が後ろから聞こえたが、俺の手を掴《つか》んだまま走り出した兄様と姉様のせいで、振り向くことは叶《かな》わなかった。

2

「うわあ……！　すごい活気《かっき》！」

王都中心の大通りを見渡しながら、思わずそう口にする。

創神祝日の王都は、普段とは全く雰囲気が違った。

通りに面した店は競い合うように飾り立てられ、紐飾《ひもかざ》りや旗《はた》が風になびいている。

道を行き交う人々の服装も、心なしか明るい色合いのものが多く、その足取りは軽かった。

どこからか聞こえてくる音楽を辿《たど》ると、そこにはギターのようなウクレレのような楽器を持った人々がいて、その周囲はなかなか賑《にぎ》わっている。

投《な》げ銭用《せんよう》に置かれた帽子にも、たっぷりと硬貨《こうか》が入っている。

所狭《ところせま》しと、競うようにして、色とりどりのテントの屋台も出ており、本当に賑やかだ。

「エル、まずは何から見る？　やっぱり食べ物？」

「待って兄様。創神祝日って言ったらやっぱり催しに決まってるわ。先に広場のほうに行きましょうよ」

兄様と姉様は、目をこれでもかというほど、キラッキラに輝かせながら、そう言った。

よっぽど今日という日を楽しみにしていたらしい。

「落ち着いてくださいってば。三日間もあるんだからゆっくり見ればいいでしょ。そうだなぁ……とりあえず広場のほうへ向かいながら、道沿いの屋台でも見ましょうか」

俺が折衷案《せっちゅうあん》を出すと、兄様と姉様は満足げに頷《うなず》いた。

あちこちに出ている店や、きらびやかな装飾に視線を奪《うば》われながら、三人並んで大通りを歩く。

道を行く人々は家族や友人、それから恋人や夫婦《ふうふ》も多い。皆、楽しげに話しながら歩いている。

広場が見えてきたところで、ある屋台の前で兄様が足を止めた。

「見てよエル、くじをやっている屋台があるよ！　一等は……一日限定で屋台の商品食べ放題!?」

兄様はそう言うと、分かりやすく目を輝かせた。兄様はおとなしく優しいので、一見落ち着いていて大人っぽく見えるが、意外と食いしん坊で欲張りだ。

「どうせ当たらないわよ？　やめときなさいよ」

現実主義な姉様が冷《さ》めた声でそう言うものの、兄様はそれをものともしない。

「ええっと、銅貨《どうか》五枚……」

兄様はポケットから取り出した銅貨を数え、くじの屋台へと駆《か》け足《あし》で向かっていった。

くじの屋台には数人が並んでいて、兄様はその最後尾に並ぶ。

「ここで待ってましょ」

そう言って姉様はすぐ近くにあった段差に腰《こし》かけた。

俺もそこに座って兄様を待つことにする。

楽しそうにくじを引きにいった兄様を、どうせ当たらないだろう、とか思いながら眺《なが》める。

くじは商店街にあるような、ガラガラと回して中から色付きの玉が出てくる、古典的なタイプのものだ。

どうやら金色、銀色、青色、赤色、黄色の順で五等まであり、白は残念賞らしい。

残念賞は屋台で売っているちょっとしたものや、調味料や小皿などの日用品がもらえると書いてある。

兄様が取っ手に手をかける。最初はただ見ているだけだったのに、俺もなんだかドキドキしてしまう。コロ……とガラガラから玉が転がり出る。

しかし手前に立っている兄様が邪魔になって、肝心《かんじん》の色が見えない。

俺と姉様が色を見ようと立ち上がった瞬間、ベルの音が鳴った。

「一等！　一等賞だ！　おめでとう！」

店の人が派手にベルを鳴らしながら、大きな声でそう言う。

俺たちはあっけに取られてその様子を見ていた。

俺が立ち尽くしている間に、くじを引き終えた兄様が戻ってきた。

姉様も俺と同じようで、二人で呆然《ぼうぜん》としながら、兄様の手の中のものを見る。

「に、兄様、これは……」

兄様が持っている、やけに凝《こ》った、その割に絶妙にダサい装飾が施《ほどこ》された紙切れには……デカデカと大きな文字で――『屋台の商品一日無料食べ放題』と書かれていた。

「これで今日は食べ放題だよ！」

兄様は食べ放題券を手に、満面の笑みでそう言った。

当てちゃった。当てちゃったよ、この人。

嬉《うれ》しそうな兄様を前に口に出しこそしなかったものの、俺は内心かなり驚《おどろ》いていた。

姉様も同じように驚いているらしく、信じられないものを見るような目をしていた。


「これください！」

「これもください！」

「あ、それもください！」

兄様は食べ放題券を片手に着々と屋台の食べ物を買い占めていき、ついには俺たち三人の両手が全てふさがってしまった。

巨大わたがし、謎肉《なぞにく》の串焼《くしや》き、手作りクッキー、やけに鮮やかなキャンディ、怪《あや》しげな色をした果物、その他諸々《もろもろ》……

「兄様、いくら無料だからって流石《さすが》に買いすぎじゃ……本当にこれ全部食べる気ですか？」

「え？　もちろん」

兄様に何を言っているんだ、という顔をされる。

本当に全部食べきれるのか疑わしいが、買ってしまったものは仕方がない。

結局俺も手伝うことになるんだろうなぁ……

「ええっと、どこか座れるところは……」

お行儀《ぎょうぎ》のいい兄様には、立ち食いという発想がなかったようで、キョロキョロと辺りを見回して座れる場所を探している。

しかしいくつか設置されているベンチは既《すで》に満員だし、垣根《かきね》の近くなど座れそうな場所も全て埋《う》まっている。

くじを引く前はそんなことはなかったのに、屋台を回っている間に随分人が集まったらしい。

兄様が眉尻《まゆじり》をへにゃりと下げたときだった。

「おーい、エルティードたち！　こっちにおいでよ！」

声の方向を見ると、アドラード王国の王子であり、僕らの同級生でもあるルシアが、ベンチに腰かけ、俺たちに向かって手を振っていた。

「ルシア！　来てたんだね」

「こんな楽しい日に、来ないわけがないだろう」

ルシアは言葉どおり、楽しそうに言った。

普段よりも装飾が控えめの服装をしている辺り、お忍《しの》びで来ているのだろう。

王子殿下だとバレたら大騒ぎになるだろうし。

それはそうと、周りに護衛《ごえい》らしき人が見当たらない。

前にルシアは学園で命を狙われて大怪我《おおけが》をしているし、そうでなくても王子が一人で町に来るのを許されるわけがない。

「まさかルシア……こっそり王宮を抜け出してきたんじゃ」

にこり。俺が言うと、ルシアは無言で王子スマイルを浮かべた。

「兄様、姉様、ちょっと待っててください。ちょっと王宮に連絡してきます」

「ま、待つんだエルティード！　今のは冗談だ、きちんと許可は取った」

「……本当に？」

「本当だよ、護衛だって連れてる」

ルシアがそう言った瞬間、雑踏《ざっとう》の中にいた人が手を振った。

その人はすぐにまた人混《ひとご》みに紛《まぎ》れてしまったので顔は確認できなかったが、気さくな人物のようだ。

そして手だけ振ってすぐに去っていく辺り、お忍び護衛のプロである。

「ほら、言っただろ」

「分かったけど、こういう冗談はやめてよ。本気で告《つ》げ口《ぐち》するところだった。自慢じゃないけど、僕は騙《だま》されやすいんだからな」

「ごめんごめん。とりあえず座りなよ」

俺に向かってそう言って、ルシアは自分の横を叩いた。

ここはちょうど大通りからは茂《しげ》みで隠れる形になっているからか、あまり人がやってこないようだ。ルシアが座っているベンチと、もう一つ小さなベンチが空《あ》いていた。

俺を取り合う喧嘩《けんか》を未然に防ぐべく、ルシアが座っているほうに座る。兄様と姉様は不服そうな顔をしながら、二人で小さなベンチに座った。ルシアは苦笑している。

買ってきたものをもくもくと食べ始めた兄様を横目に、茂みの向こうに見える通りを眺める。

本当に今日は人が多い。流石五年に一度の大きな祭りだ。きっと皆楽しみにしていたに違いない。

『キュッ』

「……ん？」

今、どこからか妙《みょう》な音が聞こえたような。小動物か何かの鳴《な》き声《ごえ》みたいだった。

しかし辺りにそれらしき動物は見当たらない。せいぜい遠くの屋根の上に小鳥が止まっているぐらいだ。

『キュ、キュキュッ！』

「んん……？」

もう一度、さっきより大きな鳴き声が聞こえた。一体どこから聞こえているのだろう。

ベンチの下や茂みの中も覗《のぞ》き込《こ》んでみるが、やっぱりどこにもそんな動物はいない。

「エル、どうかしたの？」

兄様は半分ぐらいの大きさになったわたがしを片手にそう言った。

「どこからか動物の鳴き声が聞こえるような気がして……」

『キューッ!!』

「……ほらね」

俺はそう言いながら、皆を見る。

今度の鳴き声は全員に聞こえたようで、兄様だけでなく、姉様、ルシア、さらには雑踏に紛れている護衛の人の視線まで、俺へと向けられる。

「一体どこに……」

不思議に思ってベンチから立ち上がった瞬間、手に持っていた紙袋がもぞもぞと動いた。

『キュ！』

そして中から、薄いピンク色をした、モフモフの小動物が顔を出した。

口の周りにクッキーの食べかすをつけている。

「うわっ！」

びっくりして袋から手を離してしまう。地面に落ちた紙袋からは、ドスン、と明らかにクッキーから出るものではない重みのある音がした。

『ンギュ……』

おまけにそんな鳴き声まで聞こえてきたので、さっきの動物が心配になってきた。

しかし、怖いものは怖い。

一体どうしてクッキーが入っていたはずの紙袋に、謎の動物が入っているんだ。

放置するわけにもいかず、そっと地面に落ちている紙袋に忍び寄る。

他の皆も息を呑《の》んで見守っており、緊張感が漂《ただよ》う。

覚悟を決めて紙袋の端《はし》をつまもうとしたとき、ピンク色の物体が目にもとまらぬ速さで紙袋から飛び出した。残像しか見えなかった。

袋から飛び出たそれは俺の背中をよじ上っているらしく、爪が立てられる感触と確かな重みを感じる。

振り払おうともがけど、それは俺から離れることはなく、ついには俺の右肩に到達した。

「こ、このっ！　何するんだ！」

モフ、と頬《ほほ》に触れていた謎の生物を両手で掴んで、肩から引《ひ》き剥《は》がす。

『キュ！』

威勢《いせい》よく鳴き声を上げたそれは、くりくりとした大きな瞳《ひとみ》で俺を見ている。

小さくて丸っこい耳に、とろけるような手触りの薄ピンク色の体毛。

その姿には見覚えがあった。チンチラだ。

直接見たことはないが、前世のテレビ番組で、チンチラ特集をやっているのを見たことがある。

しかし、その額《ひたい》には見覚えのないもの――サファイアブルーの小さな角が生えている。

思わずちょん、と触れてみたくなるが、食べかすのついた口元から見え隠れする立派な前歯を見て、やめておいた。

「全部、食べられてる……」

兄様が紙袋の中を覗きながら、悲しげな声でそう言った。

兄様が紙袋をひっくり返しても、中からは何も落ちてこない。正真正銘《しょうしんしょうめい》のすっからかんだった。

兄様はますます悲しそうな顔になった。

『キュ？』

謎の小動物改め、ツノのあるチンチラは、無垢《むく》な瞳でこちらを見ている。

これだけ大騒ぎさせた上、クッキーまで食べつくしておいていい態度である。

「エル、その子貸してよ！　わたしも触りたいわ！」

姉様が目をキラキラさせながら、そう言った。

「だめですよ、こいつがもし噛《か》んだりなんかしたら……って、痛《いた》ぁ！」

ガブリ。立派な前歯が指に突き刺さり、俺は思わず叫《さけ》び声《ごえ》を上げた。

拘束が緩んだ隙に、やつは俺の手から抜け出し、姉様の肩へと飛び移った。

「姉様、そいつから今すぐ離れ――」

「わっ、ふわふわで可愛いわね！」

やつは姉様の頬にすり寄り、自身のモフモフをアピールしながら、俺のときとは違っておとなしくしている。

俺の肩に乗っていたときは、もっと爪を立てていたような気がするが。

心なしか、細められた大きな目が憎たらしく見える。

「……それ、コランダムロウデントじゃないか？」

少し離れて、俺たちを見ていたルシアがそう言った。

「こらんだむ……なんだって？」

いきなり並べ立てられた知らない単語に、思わずそう聞き返す。

「コランダムロウデントだ。宝石ネズミと呼ばれることもある。ものすごく希少《きしょう》な生物のはずなんだけど、どうしてこんなところにいるんだろう」

そう説明されても、角のあるチンチラ、もといコランダムロウデントはおとなしく、キョトンとした顔をして、こちらを見ている。

兄様もコランダムロウデントのことが気になるのか、姉様の肩に乗っているそれに、そろそろと近付いていく。

「いったぁ！」

触ってみようと手を出した兄様が思いきり噛まれた。

訂正《ていせい》。おとなしくなんてない。とんだ狂暴《きょうぼう》なネズミだ。

それを見たルシアは、離れた位置から、さらに後ずさりをする。

「まさかルシア、あれが怖いの？」

俺がそう言うと、ルシアはあからさまに目を逸《そ》らして苦笑いした。

「その、僕ってあまり動物に好かれないみたいで。犬に追いかけられたり、猫に引っかかれたり、昔からあまりいい思い出がないんだよね……」

ルシアは足元に視線を落として恥ずかしそうにそう言った。

いくら成績優秀、文武両道《ぶんぶりょうどう》で王子たるルシアといえども、完璧《かんぺき》ではないらしい。

俺を女と勘違いして婚約を申し込んできたこともあったぐらいだし、案外抜けているところや、愛されキャラ的な一面もあるのかもしれない。

まぁ、あれは馬鹿王がルシアを焚《た》きつけたというか……止めなかったのもどうかと思うが。

「……何かおかしい？」

俺がニヤニヤしていると、ルシアが唇《くちびる》を尖《とが》らせてそう言った。

「そういうわけじゃないけど。むしろ苦手なことぐらいあったほうがいいと思うよ」

そう言っても、ルシアは不満げな顔のままだった。完璧主義なやつだ。

「コホン、話を戻そうか。コランダムロウデントは幻想種《げんそうしゅ》と呼ばれる希少な生物の一種だ。本来こんな町中《まちなか》で出くわすわけがない」

「幻想種？」

思わずそう聞き返す。初めて聞く言葉だ。

てっきりこっちの世界のチンチラは角が生えているのかと思ったが、違うのだろうか。

「魔物《まもの》とも精霊《せいれい》ともつかない、未分類の生物の総称だよ。人里《ひとざと》を避《さ》け山奥を好む、希少な生物だ。分かりやすいものだと……そうだな、上位のドラゴンとかも幻想種に属すんじゃなかったかな」

ルシアは自分の中にある知識を思い出しているのか、斜め上を見ながらそう説明した。

上位のドラゴン――それなら、魔の森に棲《す》んでいる巨大ドラゴンのウォン、もしかすると彼も幻想種なのかもしれない。てっきり魔物とばかり思っていたが。

今度本人、いや本ドラゴンに聞いてみよう。

「幻想種か……」

そう言いながら、姉様の肩に乗ったままのコランダムロウデントに目をやる。

やつは俺を見ると、ぱちくりと瞬《まばた》きをした。

ここから見ている分には可愛いのに、近付こうものならガブリ、なのだ。

なんて恐ろしい生物だろう。

『キュ？』

自分のことだと分かっているのかいないのか、コランダムロウデントはそんな鳴き声を上げた。

「どこからか逃げ出してきたのかな？」

「それはあり得ないよ。幻想種の捕獲《ほかく》・売買《ばいばい》は禁止されているし、彼らは高い魔力と知能を有していて、そう簡単に捕まえることができない。幻想種のほうからついてこない限りはね」

俺の疑問に対して、ルシアがコランダムロウデントを見つめながらそう言った。

ルシアは動物が苦手と言っていたが、どうやら興味はあるらしい。こうして長々と説明してくれるぐらいだし。

「幻想種のほうからついてくるって……そんなことあるの？」

「あるんじゃないか？　目の前の状況を見るには。あんまり聞いたことはないけど、あり得ない話じゃない」

ルシアに質問してみたら、そんなことを説明された。

当のコランダムロウデントはくりくりした目でこちらを見つめているだけだ。

突然、喋《しゃべ》り出《だ》したりはしない。

「……知能、あるかな」

「さぁ」

俺が言うと、ルシアは肩をすくめて答えた。

コランダムロウデントはというと、引き続き姉様の肩に乗って、能天気に毛づくろいまで始めている。

「なんにせよ、幻想種をこのままにはしておけないよ。迷子になってここに来たんだろうけど……

ねぇ君、帰り道は分かる？」

ルシアはおそるおそるコランダムロウデントに近付いて、優しくそう問いかけた。

しかし、やつはあろうことかその顔面を引っかき……は流石にしなかった。

すんでのところでやめた。ひとまず実行はしなかったのでよしとする。

そして、その引っかこうとしていた手を下げると、ふるふると首を横に振った。

「そうか、困ったな。じゃあひとまずどこかで保護を――」

「待て待て、なんで意思疎通《いしそつう》できてるの？」

危ない、うっかり受け入れそうになった。

突然割り込んできた俺に、ルシアは怪訝《けげん》な顔をしている。

「さっき高い知能があるって言ったじゃないか」

「とはいっても、目の前で実際にやられるとびっくりするというか……」

「そう？」

ルシアは不思議そうな顔をしている。

コランダムロウデントはしばらくルシアの顔を眺めていたが、ふと思い立ったように、今度はルシアの頭に飛び移った。

「わっ⁉」

ルシアは反射的に頭を振ったが、コランダムロウデントは髪《かみ》にしがみついて離《はな》れない。

「ル、ルシア！　じっとしないと髪抜けそうだって！」

俺がそう言うと、声に反応したのかコランダムロウデントが今度は俺の目を見た。

やけにじっと見据《みす》えられているような。嫌な予感がする。

『キュッ！』

やつは小さな叫び声を上げ、今度は俺の肩に飛び移った。

ズシ、と小さな体に見合わない、なかなかの重みが肩に伝わる。

肩に視線をやると、コランダムロウデントは目を細めて満足げな表情を浮かべている……ような気がした。

「お前、姉様の肩がよかったんじゃないのか？」

『キュウ？』

無邪気な顔でそう返事をされると、悪い気はしない。肩は重いが。

「このコランダムロウデント、長いからコランでいいや。何も分からない以上、勝手に連れていくわけにもいかないし。どうしようか」

そう言いながら一同の顔を見渡すも、皆困った顔をしている。

「このままじゃお祭りも回れないし……」

困り果てて呟いたそのとき、人混みの向こうから誰かが走ってくるのが見えた。

一直線にこちらを目指してやってきているように見える。

ここからでは顔はよく見えないが、女性であることと、背格好からまだ年若い人物であることが分かった。

この国の成人年齢である十五歳に届いているかいないかといったところだ。

そして彼女は俺たちの前までやってくると、ふっと力が抜けたように地面にへたり込んだ。

とにもかくにも全力で走っている。

「だ、大丈夫ですか!?」

「はっ、はぁ、サ、サフィロスは……」

肩にコランが乗ったままなのも忘れて咄嗟《とっさ》に駆け寄ると、彼女は息も絶え絶えにそう言った。

「サフィロス？　もしかしてこの子のこと？」

俺が自分の肩を指さしてそう言うと、彼女はバッと顔を上げて、コランを仰《あお》ぎ見《み》た。

「あ、ああサフィロス、ここにいたのね。突然どこかへ行ってしまったから、わたしどうしようかと……」

そう言って彼女はコランに手を伸ばした。コランはその手に噛みつくことなく、するすると腕をよじ上り、彼女の肩に収《おさ》まった。

「待て」

後ろから鋭《するど》い声が聞こえて振り向くと、先ほど手を振ってくれた護衛の人が、ルシアを守るように立ちはだかっていた。

「ごめんなさい、驚かせたよね。でも、その……怪しいものではないから」

彼女は困ったように笑って、ズボンの汚れを払いながら立ち上がった。

落ち着いて見ると、彼女はかなり目を引く容姿をしていた。

もしも道ですれ違ったとしたら、必ず振り向くと言えるぐらいだ。

高い位置で結《ゆ》い上《あ》げられた燃えるような赤髪に、髪よりはオレンジがかった、鮮やかな赤色の瞳。

そして整った目鼻立ち。背筋はピシッと気持ちいいぐらいに伸びている。

強い色の髪とピシリとした佇まいは、浮かべられた笑顔がなければ、威圧感さえ感じる。

しかしそんな容姿に反して、服装は地味で、生成《きな》り色《いろ》のブラウスに薄茶色のズボンを合わせている。この国では女性のパンツスタイルは珍しく、ズボンをはく女性は冒険者ぐらいだ。

彼女も冒険者なのだろうか。

「サフィロスを拾ってくれてありがとう、感謝するよ」

「あなたがこの子の飼い主？」

俺は突如現れた女性にそう問いかける。

さっきルシアが捕獲・売買は禁止とか言っていたような気がするが……

「いいえ、この子が森から勝手についてきたの。この国の法には触れていないはずだから安心してね。証明できるものはないんだけどさ……」

彼女は頬をかきながらそう言った。

微笑みを浮かべていた彼女だったが、ハッと何かに気付いたように目を見開いた。

みるみるうちに顔面が蒼白《そうはく》になっていく。

「あっ、まさかあなた、わたしを衛兵に突き出そうとしてる？　お願いだから見逃してくれない!?　確かに身分もサフィロスのことも証明できるものはないけど、嘘《うそ》は一つもついていないから！」

「お、落ち着いてよ。別に衛兵に突き出すつもりなんてないし、嘘をついてるとも、思ってないから。そういうこともあるって聞いたし」

焦ったようにまくしたてる彼女を、俺はそう言ってなだめる。

彼女は胸を撫《な》で下《お》ろし、大げさに安心する素振りを見せた。

彼女には『サフィロス』と呼ばれている、この状況を作りだした張本人は、呑気《のんき》な顔でくしくしと髭《ひげ》を整えている。

「ところであなたは？」

俺がそう尋《たず》ねると、彼女は驚いたような顔をしたあと、きりりと表情を引き締めた。

「ごめんなさい、名乗ってなかったね。わたしはセリーヌ・ラム……ごほん、セリナよ」

胸に手を当ててそう言うと、彼女、セリナさんはにこりと笑みを浮かべて見せた。

セリナさんがわざとらしい咳払《せきばら》いを挟む前に言った名前に、何故《なぜ》か聞き覚えがあって、首を傾《かし》げる。

セリーヌ、セリーヌ……一体どこでそんな名を聞いたんだったか。しかし記憶の引き出しはつっかえてしまったように、開いてくれない。

「……何か変なところでもあったかな？」

黙《だま》ってしまった俺を見て、セリナさんは不安げにそう言う。

『キュ、キュキュッ！』

「わ、どうしたのサフィロス！　今日はいつにもまして元気ね」

セリナさんの肩の上で、サフィロスが落ち着かない様子で動き始めた。

そこそこの重みのものが肩の上でちょこまかと動き回るものだから、セリナさんも苦労している。

「ちょっと、じっとして……わわっ！」

バランスを崩した拍子《ひょうし》に石畳《いしだたみ》に躓《つまず》き、セリナさんが危うく転びそうになる。

受け止めようと思わず手を出すが、セリナさんはくるりと一回転し、見事にもとの体勢に戻った。

しかし、緩めにまとめてあった髪がほどけてしまい、鮮やかな赤髪が肩にかかる。

「ふぅ、危ない危ない。サフィロスったら、本当にどうしたの」

そう言って、セリナさんが左肩にいるサフィロスへと視線を向ける。

サフィロスがおいたをしたせいか、今までずっとにこにことしていた彼女から、一瞬だけ笑みが消えた。

鮮やかな赤い髪を下ろし、凛《りん》とした表情をしている……その光景には、確かに見覚えがある。

そこで俺はやっと、どこで『セリーヌ』という名を見かけたのかを思い出した。

「あ、ああーっ!! あなたは――」

そこまで言って、自分で自分の口を塞《ふさ》ぐ。

セリナさんは不可解《ふかかい》な顔で俺を見ている。

「な、なんでもないです。ちょっと、ちょっと空を何かが横切っただけで」

「そう？　ドラゴンか何かかな」

俺の苦しい言い訳を聞いて、セリナさんが首を傾げる。

やれやれ、なんとか誤魔化《ごまか》されてくれて助かった。

王宮ですれ違い、帝国で肖像画《しょうぞうが》も見た。

彼女は『セリーヌ・ラムダ』――隣国、ラムダ帝国《ていこく》の皇帝だ。

俺がなんやかんやあって帝国を訪れたときは、皇帝が行方不明だったため、直接は会っていない。

しかし、特徴的な燃えるような赤髪と、うっかり名乗りかけた本名からして、肖像画で見た人物で間違いないだろう。

一体何がどうなって隣国の皇帝が、王国の祭りなんかにいるのか。

彼女にも何か事情があるのかもしれないが、ラムダ帝国の宰相《さいしょう》――ウィンスさんの困りようや、国の荒れようを見た俺からすると、非常に気まずい。早く国に帰ってやってくれという気持ちだ。

それにしても、肖像画で見たより、少し若く見える。

絶え間なくニコニコとフレンドリーに笑っているからだろうか。

「お騒《さわ》がせしてごめんね、サフィロスのことはありがとう。この恩は忘れないよ」

セリナさんはそう言ってお辞儀をしたあと、引き止める間もなく颯爽《さっそう》と去っていった。

追いかけようとするが、すぐに人混みに紛れて見えなくなってしまったのを見て諦《あきら》めた。

チンチラもどき改めサフィロスのこととか、帝国のこととか、色々聞きたいことがあったんだけど……行ってしまったものは仕方がない。

またどこかで会う機会があれば聞いてみよう。

「ルシア様、少々お伝えすることが」

「なんだい？」

「王宮から連絡がございまして……」

ルシアと護衛の人が何やらごにょごにょと話している。

話を終えると、ルシアはあからさまに残念そうな顔をした。

「人が増えてきたから、そろそろ帰ってこいだってさ。全く、今からが楽しいのになぁ……」

ルシアはやれやれという風にそう言った。

わざとらしくも見えるが、表情を見るに、どうやら本心から相当残念がっているようだ。

「仕方ないよ。学園でのこともあったばかりだし」

「……そうだな。残念だけど君の言うとおりだ。じゃあ僕は帰るよ。エルティードたちは僕の分までお祭りを楽しんできて」

ルシアはそう言って立ち上がったが、歩き出す前にもう一度俺たちのほうを振り返った。

「土産話《みやげばなし》、期待しているよ。エルティードたちの周りでは、いつも面白いことが起こるからね」

「そんな期待をされてもなぁ」

「じゃあまた。エルティードの誕生祝いには僕も呼んでくれよ」

ルシアは一方的にそう言うと、護衛の人に連れられて去っていった。

その姿はすぐに人混みに紛れて消える。

前世ではぼっちだったためすっかり忘れていたが、そうか、友達ができた今、誕生パーティーに友達を呼ぶ、というイベントが発生するのか。

別に誕生日やパーティーが嫌なわけじゃない。ただ……兄様と姉様がどんなブラコンぶりを発揮するのかが怖いだけだ。

家族だけなら微笑ましいものだが、友人を呼ぶならば少しはセーブしてほしい。

ちらりと後ろにいた兄様と姉様を見やる。

いつの間にか、兄様は両手いっぱいに抱えていたものを全て食べきっていた。

口の周りに食べかすがついているのはご愛嬌《あいきょう》である。こうしてみると、クッキーの袋から出てきたときのコランダムロウデントに似ていなくもない。

「兄様、よく一人で全部食べきりましたね……」

思わずそう言うと、兄様はなんのことだか分かっていなさそうな顔をした。

屋台もひとまず堪能《たんのう》し終えたところで、俺たちは予定どおり広場へと向かうことにした。

広場周辺の道はどこも大勢の人で混み合っていて、幼く体の小さい俺たちは人と人との間に埋もれるようにして進んだ。

「目、目が回る……」

「兄様、しっかりしなさいよ」

目を回している兄様に、姉様が厳しい声でそう言う。

姉様は時々母様と一緒にウインドーショッピングに出かけるので、兄様よりかは人混みに慣れているらしい。

兄様のみならず、俺まで目を回しかけたところで、周囲の人が散っていき、ことなきを得た。

どうやら広場に到着したようだ。

王都中心にある広場はとても広く、立派なつくりをしていた。

中央に大きな噴水《ふんすい》があり、その左右にも小さな噴水が設置されている。そして垣根には色とりどりな花々が咲《さ》き誇《ほこ》っていた。

そして何より目を引くのは、広場の奥に設けられた大きなスペースだ。

そこだけ柵《さく》で囲われており、脇には何やら看板が置いてある。

その看板には鮮やかかな、デカデカとした文字で、『最強決定戦《さいきょうけっていせん》』という、馬鹿が考えたような言葉が記載されていた。

意味は分かる。要は武道大会《ぶどうたいかい》か何かだろう。しかしその直接的すぎるネーミングはどうにかならなかったのか。

開始時間を見るに、もうすぐ始まるようだ。

「君たちもこの大会を観戦《かんせん》するのかい？」

近くにいた人のよさそうなおじさんが、身をかがめて俺たちにそう言った。

俺はまだ何も言っていないというのに、兄様と姉様が力強く頷く。

「ならあっちのほうへ行くといい。あの辺りは眺めがいい割《わり》に空《す》いてるんだ」

「エル、早く行こう！」

おじさんの話を聞くなり、兄様がそう言って俺の手を引く。俺は慌てておじさんにお礼を言い、その場をあとにした。

待ち時間はほとんどなく、おじさんが言っていた場所に到着すると同時に、ちょうど大会開始のアナウンスが流れた。それと同時に、ざっと大会の説明をされる。

『この最強決定戦の歴史は長く、今回で六十三回目の開催《かいさい》となります。年数にすると三百十年間の間、この伝統的な大会は開催されてきました。ルールは簡単、地面に膝《ひざ》をついたほうの負け！　細かいことは気にしない、それがこの大会のポリシーなので、煩雑《はんざつ》なルールは一切ナシでございます！』

アナウンスは元気いっぱいの声でそう言った。

拡声機能のある魔道具を通しているようだが、それがなくても十分なんじゃないかと思うほどの声量だった。

王立学園での統一試験を思い出す内容だ。どこもやることは同じらしい。王国民は随分と血気盛《けっきさか》んだ。

それにしても、三百年以上もの間、このダサ……直接的な名前で大会を続けてきたのか。

一体この大会の名前を決めたやつは誰なんだ。そして三百年の間、誰か名前を改めようとは言い出さなかったのか。

そんなことを考えながら説明を流し聞いているうちに、第一回戦の選手が発表される。

片方は地味な服装や腰に提げている安っぽい武器、なんとなく自信がなさげな雰囲気からして、駆《か》け出《だ》し冒険者だろうか。

そしてもう片方は――

「皇……セリナさん⁉」

皇帝、と言いかけて慌てて言い直す。

セリナさんは髪を縛《しば》り直《なお》し、中央に向かって歩いていく。

俺たちと話していたときとは違い、その顔に笑みは浮かんでいない。

特別背が高かったり、険しい顔をしていたりするわけでもないのに、ああしていると、やっぱり少し威圧感がある。

観客席からセリナさんを観察してみるが、何も武器を持っていないようだった。

だからといって素手で殴るとは思えないので、魔法を使って戦うのだろうか。

「さっきの人だわ。一体どんな風に戦うのかしら……！」

姉様は待ちきれない様子でそう言った。

魔法神の加護《かご》を持っているからか、それとも本人の趣味《しゅみ》か、定《さだ》かではないが、俺たち三人の中で一番魔法が好きなのはダントツで姉様だ。それも魔法オタクと言っていいほどの熱狂《ねっきょう》ぶり。

セリナさんが武器を持っていないのを見て期待しているのだろう。

これから対戦する二人は大会用に設けられたスペースの中央まで行くと、お互いにお辞儀した。試合前の挨拶のようだ。

セリナさんは無意識なのか、貴族感丸出しの美しい所作で、お辞儀をしていた。

名乗ったときといい今といい、果たして彼女に自分の身分を隠す気はあるのだろうか……

『それでは第一回戦、開始！』

アナウンスが流れ、観客席から歓声が上がる。

気が付けば、周囲は沢山の人で賑わってきていた。

さっきまで俺たちがいたところは、すごい数の人でごった返している。

あんなところにいたら、体の小さな俺たちはもしかして潰《つぶ》れてしまうかもしれない。

この場所を教えてくれたおじさんに、心の中でもう一度感謝しておく。

「この手に集え、氷霜《ひょうそう》！《結氷細剣《アイシクル・レイピア》》」

そんな詠唱《えいしょう》が聞こえて声のするほうに顔を向けると、セリナさんの左手に握られた、ガラスのように透《す》き通《とお》った細剣《レイピア》が目に入った。

それはキラキラと日の光を反射し、会場の中でひときわ目立っている。

「氷魔法《こおりまほう》……」

先日相対した夜鴉団のボス――ネズロの雷魔法《かみなりまほう》と同じで、型破《かたやぶ》りな詠唱だ。

さっきまでは武器なんか持っていなかったはずだから、あの剣はきっと魔法で作り出したものなのだろう。

ちゃんと見ていればよかった。うっかり目を離したばっかりに。

「綺麗《きれい》……四大属性《よんだいぞくせい》から外れた魔法なんて珍しいわね」

姉様は独り言のように、小さな声でそう言った。

「四大属性以外を使う人が少ない理由って、何かあるんですか？」

ふとそう思って質問する。

姉様はセリナさんから視線を外さないまま、口を開く。

「四大属性以外は、その属性の精霊がいないから、ほとんど自分の魔力操作のみで魔法を使う必要があるのよ」

姉様はそう説明してくれた。流石魔法オタク。そんな理由があったなんて知らなかった。

「はっ！」

キン、と甲高《かんだか》い音が聞こえて、慌ててセリナさんへと視線を戻す。

見ると、セリナさんが突き出した細剣《レイピア》を、対戦者が身を翻《ひるがえ》して避《よ》けたところだった。

すんでのところで躱《かわ》したものの、服をかすったようで、僅《わず》かに破れている。

セリナさんが繰《く》り出《だ》す素早い剣術に、対戦者は打つ手もなく、隅《すみ》のほうへ追い詰められていく。

そして彼はとうとう、観客席ギリギリのところまで追いつめられてしまった。

一言も発さず、無表情のセリナさんは、先ほど会ったときとは別人のように見えた。

「……火の精霊よ――」

追い詰められた相手が詠唱を口にした途端、喉元に細剣《レイピア》が突き付けられる。

セリナさんと対戦相手の視線が、緊張感を孕《はら》んで交錯《こうさく》する。

その緊張感は観客席まで伝播《でんぱ》し、そこかしこから息を呑む気配がした。

しかし、対戦相手の目に諦めの色は見えない。

「やぁッ！」

大げさな声を上げ、対戦相手が短剣を振るう。そして、すぐさま詠唱を行う。

「我に力を貸し与えたまえ！　《ファイアボール》」

ボッ、と小さな音を立て、空中に火球が生み出される。

そしてそれは一直線にセリナさんのもとへと向かっていく。

セリナさんは細剣《レイピア》でそれを切り裂こうとした。

しかし氷でできた細剣《レイピア》は、あっという間に形をなくし、跡形《あとかた》もなく溶けきってしまう。

客席から誰のものとも取れない「ああっ！」という声が聞こえてきた。

しかし、セリナさんはそれでも焦《あせ》らない。素早く体を傾け、火球の進路から外れる。

そのとき、何故か対戦者が意味深《いみしん》な笑みを浮かべたのが見えた。

瞬間、直進していたはずの火球が、ぐにゃりと進路を変える。

「「「えっ⁉」」」

俺たち三人が驚きの声を上げたのはほとんど同時だった。

もしかすると、観戦している全員がそんな声を上げていたかもしれない。

『そこまでっ！』

アナウンスが聞こえたのと同時に、セリナさんと対戦者に、バケツをひっくり返したように水が降りかかる。

「どわっ！」

「きゃ！」

対戦相手とセリナさんが悲鳴を上げる。

火球は水の勢いに耐えきれず消え、セリナさんに当たることはなかった。

『勝者、駆け出し冒険者のムルン！』

アナウンスがそう言った途端、観客席からブーイングが飛ぶ。

「膝をついたら負けじゃなかったのかよ！」

などなど。しかしアナウンスはそんな声など気にせずに続ける。

『細かいことは気にしない。それがこの大会のポリシーですが、怪我人を出すのはナンセンス！』

アナウンスは高らかにそう言った。

群衆《ぐんしゅう》の声は完全にはやまないままだったが、それを聞いて、皆幾分《いくぶん》か静かになった。

「あっはは、うっかりしちゃった。炎に氷で立ち向かったら、そりゃあ溶けちゃうよね……」

セリナさんはずぶ濡《ぬ》れのまま、そう言って笑っていた。

彼女は係員に促されるまま会場の外に出ていき、今度は第二回戦の選手が発表される。

しかし、俺に第二回戦を見る気などさらさらない。

「エル、どこへ行くの？」

「ちょっと待ってて、すぐに戻るので！」

姉様の呼びかけに返事をして走り出す。兄様と姉様は戸惑ったような表情をしている。

しかし、今はそれに構っている暇《ひま》はない。

観客席を飛び出し、急いでセリナさんが行ったほうへ向かう。

目的の人物は、会場横に設けられたテントの中にいた。

他にも何人か選手らしき人がたむろしている。

「あれ、さっきの子だ。どうかしたの？」

『キュッ』

セリナさんがそう言うと同時に、彼女の肩に乗っているサフィロスが鳴き声を上げる。

セリナさんは濡れてしまった髪を下ろし、わしわしと雑に拭《ふ》いているところだった。

「ちょっと話があって」

「話？　わたしに？」

セリナさんは心底意外そうにそう言う。

「うん、セリナさんに。でも……」

水を頭からかぶったセリナさんは頭のてっぺんからつま先までずぶ濡れで、このまま長話をしようものなら風邪を引いてしまいそうだ。

「分かったわ、ちょっと待っていてね。風の精霊よ――」

セリナさんが詠唱を始める。

周りに風が吹き始めたかと思うと、セリナさんの髪も服もすっかり乾《かわ》き、もとどおりになっていた。

あまりの早業《はやわざ》に思わず瞬きをする。

「これでよし。でもここじゃあちょっとあれだし、場所を変えましょうか」

セリナさんは愛嬌のある笑顔でそう言った。


「それで、わたしに話って？」

大通りから外れた人通りの少ない道に着くなり、セリナさんはそう言った。

セリナさんの肩に乗っているサフィロスは、今はまるで置物のようにおとなしくしている。

さっき暴れ回っていたのが嘘みたいだ。

「単刀直入《たんとうちょくにゅう》に聞くけど、セリナさんの本名って……セリーヌ・ラムダだよね？」

俺がそう言うと、空気が張り詰めた。流石に単刀直入すぎたかもしれない。

そう思って、そっとセリナさんの表情をうかがう。

セリナさんの顔から微笑みこそ消えていなかったものの、先ほどまでの柔和《にゅうわ》な印象は見当たらなくなっていた。肖像画の印象に近付いている。

「……どうしてそう思ったの？」

セリナさんは一度深呼吸をしたあと、俺にそう尋ねた。

「最初に名乗ったとき、うっかり言ってたし。帝国の肖像画で見たことがあったから」

「聞かれてたかぁ。上手《うま》く誤魔化せたと思ってたんだけどな」

セリナさんは気まずそうに視線を彷徨《さまよ》わせた。少しだけ優しげな雰囲気が戻る。

どうにも印象がコロコロと変わる人物だ。

「よくわたしのことを知ってたね。公《おおやけ》の場に出たことはあんまりないし、肖像画だって数少ないはずなのに」

セリナさんは疑わしげな目でこちらを見ている。

「まぁ、ちょっと色々ありまして……」

そんな説明で誤魔化せるわけもなく、セリナさんの訝《いぶか》しげな視線が、俺から外れることはない。

いたたまれなくなって、セリナさんの肩で居眠《いねむ》りを始めていたサフィロスの顔を見る。

やっぱり可愛い、見た目だけは。

「白髪に紫色の瞳……もしかして」

セリナさんの言葉で、意識を引き戻される。

彼女の顔を見ると、申し訳なさそうな表情を浮かべていた。

「あなたのこと、風の噂《うわさ》で聞いていたわ。王都の危機を救い……少し前、帝国にも来ていたって」

戦争をやめる条件として、俺が少しの間帝国に行っていたのは国家機密だ。風の噂で聞けるようなことではない。

国を出たとはいえ、皇帝である彼女は何か特殊な情報網を持っているのかもしれない。

「大方老《お》いぼれ連中の仕業よね。迷惑をかけて本当にごめんなさい。わたしがいれば、そんなこと絶対にさせなかったんだけど……」

セリナさんは悔しそうにそう言った。

そう思っているのに国に帰らないということは、やっぱり並々ならぬ事情があるのだろうか。

「宰相のウィンスさんが心配してたよ」

「え、いつも小言たっぷりの、あのウィンスが？」

セリナさんの言いように、気まずい状況も忘れて思わず笑ってしまう。

確かにウィンスさんは小言をたっぷり言ってきそうなタイプではある。

「そうね、そろそろ国に帰らないと。でもあと少し……」

セリナさんはどこか遠くを見つめながらそう言った。

「……そうまでして帝国に帰らないのはどうしてか、聞いてもいい？」

「うん。大事な、大切な目的があるの」

セリナさんは俺の目を真っ直ぐ見据えてそう言った。その表情は真剣で、切実だ。

セリナさんにとって、本当に重要な目的であることが分かる。

「その目的って――」

「この世界に訪れる結末を変えること」

俺が言い終えるのを待たずに、セリナさんはそう告げた。

この世界に訪れる結末。

それは『災厄の日』、いや『終末』を指しているのではないか。

何故、俺以外誰も知らないであろうその情報をセリナさんが知っているのか。

「……って、言ってもわけ分かんないよね」

セリナさんはそう言って、もとどおりの優しげな笑みを浮かべた。

「いや、分かる」

俺の言葉に、セリナさんが驚き、目を見開く。

「『災厄』なんかじゃない。この世界に訪れるのは『終末』。違う？」

そう言うと、セリナさんが息を呑んだ。

「……君は一体」

セリナさんは口を噤《つぐ》んでしまい、その先の言葉が紡《つむ》がれることはなかった。

「僕は伝承《でんしょう》にあるような、聖女と呼ばれる存在なんだと思う。そして聖女は……」

何故自分がここまで話しているのか分からないし、初対面でこんなことを話すなんてどうかしてる。そう思うのに、何故だか口は勝手に動く。

『キュ、キュッ！』

「サフィロス？」

俺が核心《かくしん》に触れようとした瞬間、サフィロスが甲高い鳴き声を上げた。

そして、ピョンと飛びはねたかと思うと、俺の肩に乗ってきた。

右肩にずっしりとした重みがかかる。

「こらサフィロス、勝手に人の肩に飛び乗らないの！」

セリナさんがそう言っても、サフィロスが俺の肩から動く気配はない。

セリナさんは今度は直接引《ひ》き剥《は》がしにかかったが、小さな体で馬鹿力を発揮しているサフィロスは微動《びどう》だにしない。

引っ張り合いは、セリナさんが折れたことによりサフィロスの勝利となった。

サフィロスは俺の肩で、心なしかふんぞり返っているように見える。

「ごめんね、普段はもっとおとなしい子なんだけど。今日はなんだか様子がおかしいみたい」

セリナさんは眉尻を下げてそう言った。

「大丈夫だよ、僕は気にしてないから」

『キュッ！』

「お前がここで鳴くのは違うだろ！」

すかさず同意するように鳴き声を上げたサフィロスに、思わずそうツッコむ。

それがおかしかったのか、セリナさんは声を上げて笑った。

「ふふっ、ありがとう。ところでその、君さえよければなんだけどさ……」

セリナさんはしばらく言いづらそうに口ごもっていたが、しばらくして俺の目を見た。

燃えるような緋色《ひいろ》の瞳が俺を捉《とら》える。

「サフィロスのこと、預《あず》かってくれないかな？」

セリナさんは真剣な表情でそう言った。

俺の肩に乗っている、間抜《まぬ》け面《づら》のサフィロスとの差がひどい。

「えっ、僕が？」

そう言うと、セリナさんは小さく笑った。『君以外に誰がいるの』とでも言いたげだ。

俺もそう思うが、予想外の頼み事をされては、こう聞き返してしまうのも仕方がないと思う。

「預かってっていうのもおかしいか。サフィロスはついてきただけだから」

セリナさんはそう補足した。

そういえば、最初に会ったときにそんなことを言っていたような。

「でも、どうして急にそんなことを？」

思わずそう聞くと、セリナさんは困ったように笑った。

「そんな大した理由じゃないんだけどね。国に帰るとき、この子を連れてはいけないし。それに君のこと、すっごく気に入っちゃったみたいだから」

セリナさんは少し寂しそうな顔でそう言った。

サフィロスを預かること自体は大歓迎だ。兄様も姉様も喜ぶだろうし、俺としても可愛い癒《いや》し生物がいてくれるのは嬉しい。日常の潤《うるお》いが増えるのはいいことだ。

でも二つ返事で了承《りょうしょう》するわけにはいかない。

「セリナさん、サフィロスのことを大切にしてたんじゃないの？　サフィロスだってセリナさんに懐いてるし、僕が預かるなんて」

「もちろんサフィロスのことは大切だよ。だからこそ君に預けたいの」

セリナさんはサフィロスにちらりと視線をやったあと、もう一度俺の顔を見た。

「ごめん、やっぱり迷惑だった？」

「そういうわけじゃ……ただ、僕でいいのかなって」

「もちろん。君だからいいんだよ」

セリナさんは食い気味にそう言った。

『キュ、キュキュッ！』

サフィロスはセリナさんの言葉を肯定《こうてい》するように鳴いた。こっちも食い気味だった。

「分かった。僕でいいなら、責任をもって預かるよ」

セリナさんもサフィロスも、一体俺のどこをそんなに気に入ってくれたのか。

それは分からないが、俺のことを信頼してくれるのは純粋に嬉しい。

だから俺も真摯《しんし》な態度で返すべきだと思ったのだ。

それと――これはセリナさんたちには内緒だが、身近にこんな癒し生物がいたら楽しいだろうな、という気持ちもやっぱりあった。

だってこんなモフモフで、ふわっふわの、くりくりの目をした生き物なんて、癒し以外の何物でもない。願ったり叶ったりだ。

「よろしくね、サフィロス」

顔を見ながらそう問いかけてみるも、サフィロスはそっぽを向いたままで、鳴き声どころかなんの反応も見せてくれない。ツンとそっぽを向いたままだ。

「あ、あれぇ？　初対面でも噛まれたし、やっぱり僕嫌われてる？」

「そんなことないと思うけどなぁ。むしろサフィロスは気に入った人しか噛まないよ」

「愛情表現が暴力的だなぁ……」

もっと平和な表現方法にしてほしいものだ。

さもないと俺の腕が歯形だらけになってしまう。うぬぼれでなければ。

「ほら、サフィロス。お行き」

セリナさんがサフィロスの目を見てそう言う。

サフィロスは名残惜しそうにセリナさんを見つめたあと、彼女の肩に飛び乗って頬ずりをした。

そして、そのあと軽い動きでぴょん、と俺の肩に飛び乗った。

なお、肩にかかる重みはずっしりとしている。

「サフィロスっていうのはわたしが適当につけた名前だから、君が呼びやすい名前をつけてあげて。それにサフィロスって名前、あんまり気に入ってないみたいだから。呼んだってこれっぽっちも反応してくれないし」

セリナさんは笑いながらそう言った。

「ネーミングセンスないから不安だなぁ」

思わずそう零《こぼ》すと、サフィロスが俺の肩をどついた。

『いい名前をつけろ』とでも言いたげだ。

「あっ、名前といえば。そういえば君の名前聞き忘れてた」

「僕はエルティード。長いからエルって呼ばれてる」

「エル君か。いい響きね、覚えておく」

セリナさんはそう言うと、くるりと体の向きを変えた。そして俺のほうを振り向く。

「じゃあエル君、また会うときがあったら！　帝国に来るときは教えてね！」

セリナさんは溌剌《はつらつ》とした声でそう言うと、俺が返事をする間もなく足早に去っていった。

『キュッ』

サフィロスが肩で控えめに鳴く。

セリナさんは大勢の人に紛れてすぐに見えなくなってしまったが、見えなくなってからも俺はしばらく手を振っていた。

「行っちゃった」

セリナさん――セリーヌ・ラムダはもうすぐ国に帰るのだろうか。

今思えば、目的や何故『終末』のことを知っているのか、もっと根掘り葉掘り聞けばよかったかもしれない。

「エルー!!」

「どこにいるのー!?」

ぼんやりしていると、突然そんな声が聞こえてきて我に返る。

俺が見つけるよりも先に、声の主は俺の目の前まで走ってやってきた。

「兄様、姉様」

二人とも髪が少し乱れている。

「エル、こんなところにいたんだ！　急に飛び出してっちゃだめだよ」

兄様は心配と安堵《あんど》が入り混じったような顔をしてそう言った。

「あら？　そのコランダムロウデント、さっきの子よね？　赤い髪の……セリナさんだったかしら。彼女が引き取っていったんじゃないの？」

姉様は俺の肩に乗っているサフィロスを指さしてそう言った。

流石姉様、目ざとい。

「色々あって預かることになって」

「もしかして、急に飛び出していったのも何か関係あったの？」

「まあ、そんなところです」

姉様はまだ訝しげな顔をしていたが、兄様はすっかりサフィロスに気を取られているようだ。

心なしかデレデレとした顔でサフィロスのことを眺めている気がする。

我が家の周りには可愛いらしさのかけらもない魔物ぐらいしかいないので、この小動物に骨抜きにされてしまったらしい。中身は可愛くないので注意が必要だが……

「そうだ！　兄様、姉様、この子の名前を一緒に考えてくれませんか？　今の名前が気に入らないらしくて」

「わたしたちが決めていいの？　この子が行ってしまう前、可愛い名前で呼んでいたじゃない」

姉様は不思議そうな顔でそう言った。

「そんなのあったっけ？」

心当たりがなく首を傾げると、肩の辺りでもぞもぞと動く気配がした。

見るとサフィロスもうんうんと首を上下に動かして頷いていた。

やっぱりこいつ、人間の言葉を理解しているような……

『キュ？』

サフィロスは愛嬌たっぷりの顔で首を傾げてみせた。

「可愛いな～！　エル、僕にも触らせて！」

「さっきも噛まれたし、やめておいたほうが……」

俺がそう言うも、兄様は懲《こ》りずに手を差し出し……見事にガブリ、と噛みつかれた。

「フワフワだね～！」

しかし兄様は噛まれた指をそのままに、反対の手でモフモフを堪能している。強い。

サフィロスはがぶがぶと兄様の指を噛み続けていたが、しばらくすると諦めたように指を放した。

このふてぶてしいネズミを屈服させるとは、兄様恐るべしである。

コランダムロウデントの証《あかし》である、サファイア色の美しい角がキラリと光る。

「あ！」

そこでさっきなんて名前で呼んだかを思い出した。

「姉様が言ってるのって、『コラン』のことですか？」

そう言うと、姉様が口を開く前にコランが振り向いた。

「ええそうよ。ほら、その子も気に入ってるみたいだし。ねっ、コラン」

姉様がそう呼ぶと、小動物は呼びかけに反応するどころか、嬉しそうに小さく飛びはねだした。

兄様と姉様はすっかり可愛さにやられているようで、同時に「『可愛い～！』」と歓声を上げる。

可愛いのは確かだし、俺も同意するが、肩にドスンドスン響くのでやめてほしい。

「じゃあお前は今日から『コラン』だ。よろしくね、コラン」

『キュキュッ！』

コランは嬉しそうに鳴いた。


コランを連れて観客席に戻ると、大会はいよいよ決勝戦に差しかかる頃だった。

どうやらぎりぎり間に合ったらしい。

しかし、決勝戦までの間にしばしの休憩を入れるようだ。

ふと通りを見ると、ひときわ目立つ顔立ちをした二人連れ――父様と母様が目に入った。

こうしてみると、やっぱり俺の家族の顔面はやけにキラキラしている。

いけない、最近感覚が麻痺《まひ》してきている気がする……

母様はしばらくキョロキョロと辺りを見回していたが、俺たちの姿を見つけて手を振ってきた。

俺が小さく振り返すと、兄様と姉様も気が付いたようだ。顔を綻《ほころ》ばせて手を振り返している。

『キュッ』

「……あ！」

小さな鳴き声が耳元で聞こえ、そこで思い出した。

コランの存在を忘れていたわけではない。

俺が思い出したのは、子供がペットを飼うには親の許可が必要だということだ。

「皆やっぱりここに来ていたのね。あなたの言ったとおり」

「この子たちの行動パターンは単純だからな。見つけやすくていいが」

人混みをかき分けて俺たちのもとへやってくると、父様と母様はそう言った。

父様は何かを口にしようとしたが、俺の肩に乗っているコランを見て動きを止めた。

「エル、その動物はどうしたんだ？」

父様が難しい顔をして、俺に尋ねる。

「えと、その、色々ありまして……預かることになったといいますか」

その反応に、しどろもどろになりながらも答える。

父様は険しい顔のままコランを眺めていて、なかなか続きの言葉を言ってくれない。

「飼ってもいいでしょうか……」

沈黙《ちんもく》に耐えかねてそう言うと、父様の眉間《みけん》にさらにしわが寄った。

「エル、動物を飼うというのは大変なことだ。ましてやその子はコランダムロウデントという希少な動物で、捕獲は禁止されているんだ。まぁ厳密には禁止ではないが……ともかく、その子をうちで飼うことはできない」

父様はゆっくりと、言い聞かせるみたいにそう言った。

しかし不満げな顔をした兄様と姉様が、俺と父様との間に踏み出る。

「見てよ父様、この子こんなに可愛いんだよ！」

「それに捕まえたわけじゃないのよ！　話も聞かずにだめだなんてひどいわ！」

「む……」

二人のあまりの必死さに父様がたじろぐ。

父様はもう一度コランを見やると、俺に視線を戻した。

「分かった、確かにそれもそうだ。エル、経緯を聞かせてくれるか？」

父様にコランと出会ったときのこと、セリナさんのこと、そして預かってほしいと頼まれたことを簡単に説明する。

ひとまずセリナさんがセリーヌ・ラムダ、隣国の皇帝であることは伏せておく。

話を聞き終えると、父様は納得いかなそうな表情をしながらも頷いた。

「なるほど……このコランダムロウデントは、そのセリナさんという人から引き取ることになったんだな」

「コランです」

「全く。もう名前までつけているのか」

父様は小さくため息を吐《つ》いた。

すっかり飼うつもりでいたから許してほしい。

「コランのことはひとまず置いておいて。一人で行動してはいけないといつも言っているだろう？」

「そ、そこも色々事情がありましてですね」

怖い顔をしてそう言う父様に、ごにょごにょと言い訳を重ねる。

しかしこんなところで全てを話すわけにもいかず、どんどんお粗末《そまつ》な主張になっていく。

父様の表情が曇《くも》っていくにつれ、俺の焦りも募《つの》る。

遠くのほうで、決勝戦がもうじき始まるというアナウンスが聞こえた。

「……アーネヴィ、私たちは少し席を外す。ルフェンドとセイリンゼを見ていてくれ」

唐突にそう言った父様に、思わず顔を上げる。

「え、今から決勝戦……」

そんな言葉が口をついて出るが、父様に視線で制されてしまった。

せっかく間に合ったのに、決勝戦は諦めることになりそうだ。

「いってらっしゃいね～」

母様は間延びした声で、呑気にそう言った。


会場から少し離れたところの物陰《ものかげ》まで行くと、父様は歩みを止めた。

「さて、エル。皆の前では話しづらいことがあったんじゃないのか？」

父様がそう言う。

俺のしどろもどろな言い訳から、隠し事があることを察していたらしい。

「そのですね、平たく言うと……」

「平たく言わなくていい。怒ったりしないから、正直に言ってみろ」

平たく言うなとは、つまり立体的に言えと？

そんな見当違いのボケは心の中にしまい、どこからどう説明すべきか脳内会議をする。

ええい、もうなんとでもなれ。

「さっき言ったセリナさんっていうのは、セリーヌ・ラムダ……ラムダ帝国の皇帝だったんです」

父様は『……』という、音のないセリフが見えてきそうな表情をしている。

「ほら、父様も肖像画とかで見たことありませんか？」

「あるにはあるが……」

その先の言葉はなく、父様は信じられないような、複雑な表情を浮かべている。

「仮にそれが本当だとして、一体、何故隣国の皇帝ともあろう人間が、アドラード王国の王都に？」

たっぷり考えたあと、父様はそう言った。

「大会にも参加してましたよ」

「余計な情報を補足しなくていい。ともかくだ、エル。お前が会った人物は、セリーヌ・ラムダだったんだな？」

「肖像画そっくりだったし、本人もそう言ってました。セリナさんが嘘をついていない限りは、間違いないと思います」

父様は神妙な顔をして俺の説明を聞いていた。

「まずは王宮に連絡を入れなければな……」

「待ってください、そんなに大事《おおごと》にするんですか？」

「相手は隣国の皇帝だぞ。もし何かあろうものなら国際問題に発展する」

そこまで考えが回っていなかった。でも言われてみれば、確かに父様の言うとおりだ。

でもセリナさんからすると、大事《おおごと》にするのはあまり望んでいないだろう。

セリナさんは『大事な、大切な目的』とやらがあると言っていて、あと少しとも言っていた。

もうすぐ国に帰るつもりのようだったし、あまり騒いでは彼女の邪魔をしてしまうかもしれない。

しかし父様の主張ももっともだし、うっかり話してしまった以上、俺にはどうすることもできない……ごめん、セリナさん。

『キュッ、キュキュッ！　キューーッ!!』

「コラン？」

俺が項垂《うなだ》れていると、肩のコランが急に激しく鳴き出した。

耳元でそう元気に鳴かれると、少々頭に響く。

「急にどうしたんだ？」

コランを肩から下ろし、両手でしっかりと抱えて問いかける。

コランは鼻をひくひくと動かし、忙《せわ》しなく周囲を見回している。明らかに様子がおかしい。

父様はこれからの段取りを考えているようで、コランの様子には気が付いていない。

「落ち着きなって。何か気に入らないことでもあるの？」

コランと目線を合わせようと少し高く持ち上げると、落ち着きなくきょろきょろしていたコランと目がバチリと合う。その目は何かを訴えようとしているように見えた。

気のせいかもしれない。でもそれで片付けてしまうには、あまりにも様子がおかしい。

「エル、とりあえずお前はアーネヴィたちのところへ戻っていなさい。きっとその子はお腹でも空いているんだろう、あとで屋台で食べられそうなものを買ってやるといい」

ひとまず考え事を切り上げたらしい父様が、コランを心配する俺を見て、そう言う。

コランのことが引っかかりながらも、ひとまず父様の言うとおり、会場のほうへと足を向ける。

『キュ、キューーッ！』

「ちょ、ちょっとコラン！」

その途端、コランがひときわ激しく暴れ出す。

力強く体をよじるせいで手から離れそうになるが、必死で抱え直す。

『ンキューーッ！』

「あっ！」

しかし必死の抵抗の甲斐《かい》なく、さらにバタバタしたコランが、手から離れてしまう。

あ、落ちる。そう思ってひやりとした瞬間、コランは華麗《かれい》な宙返《ちゅうがえ》りを決めて地面に着地した。

しかし、ホッとしたのも束の間。

『キュキュキュッ！』

「わ、ちょっとかじるなよ！」

コランは俺のズボンの裾《すそ》をくわえ、ぐいぐいと力強く引っ張り始めた。

その小さな体のどこからそんな力が出てくるのか、いささか疑問だ。

しかしそんな疑問はともかく、早く放してもらわないとズボンが破けそうだ。

「は・な・せったら！」

『ギュ、キュウ～！』

必死で引き離そうとするが、それでもコランは諦めない。

それどころかますます力が強くなっている気がする。

いくら力が強いって言ったって、その小さな体じゃ限度があるはずだ。なのに……

『ンギュウ!!』

ズズ、と足が石畳を擦《す》る音がした。あろうことか、コランは俺を引きずり出したのである。

しかもそこで止まることなく、足を踏ん張ってさらに進もうとしている。

「ま、待てって、コラン！　転ぶから！」

慌ててコランを抱き上げる。コランは驚いたのか、短く鳴き声を上げた。

「ん？　なんかサイズが……」

肩に乗るぐらいのサイズ感だったはずが……一回り、いや二回りぐらい大きくなっているような。

小動物サイズだったのに、今はすっかり小型犬サイズである。

『キュッ！』

俺が頭の上に疑問符《ぎもんふ》を浮かべている隙に、コランは今度は俺の袖《そで》をくわえた。

そして抵抗する間もなく、さっきよりもさらに強い力で俺を引っ張って走り始める。

コランの姿はどんどん大きくなっていき、今は俺の腰ぐらい、大型犬ぐらいのサイズになっている。

「コラン、コラン！　止まれってば！」

そう叫んでもコランは俺には目もくれず、ただ走り続ける。

コランに気を取られていて気が付いていなかったが、周りの景色がおかしいぐらいの速度で移り変わっている。いくら早く走ったって、こう走馬灯《そうまとう》みたいにはならないだろう。

こんなの魔法か何かでなくちゃあり得ない。

「コランー！」

俺の必死の叫びは、どんどん後ろに流れる景色の中に消えていった。

3

「ハァ、ハァ、ハァ……げほッ、ごほ」

やっと止まってくれたコランの後ろ姿を見ながら、なんとか呼吸を整え地面にへたり込む。

いきなり走らされたせいで、息は切れるわ、むせるわで、散々である。

おまけに——

「どこだよここ……」

賑やかな王都はどこへやら、辺りにはうっそうとした森が広がっている。

走っていたのはたった数分にも満たないはずなのに、一体いつの間にこんなところに来たのだろう。

コランが魔法か何かを使ったとしか考えられないが、魔物や動物が空間魔法まがいのものを使うだなんて話、聞いたことがない。

ルシアが幻想種だなんだと言っていたが、幻想種というものは高度な魔法まで使えるのか。

大型犬サイズになったコランはというと、引き続き落ち着きがない様子でしきりに周囲を見渡している。

「コラン、この状況どうしてくれるんだよ……」

コランから返事、というか鳴き声は返ってこなかった。

どうしてくれるとはいっても、転移魔法で帰れば済むだけの話だが、どうにもコランの様子が気になる。

『キュ』

コランは俺のほうを振り返ると、そう短く鳴いた。

ちょいちょいと前足を動かし、まるで『ついてこい』とでも言っているかのようだ。

「……しょうがないな。ちょっとだけ付き合ってやるよ。父様たちに心配かけてるだろうし、ほんの少しだけだぞ？」

『キュウ』

コランは返事するようにそう鳴いた。

コランはまた俺の袖をぐいぐいと引っ張り始める。先ほどのような強い力ではないが、服が傷みそうなのでやめてほしい。

しかし付き合ってやると約束したので、文句は言わずにおとなしくコランについていく。

しばらく歩くと辺りが開け、舗装《ほそう》された街道に出た。規則正しく敷き詰められた石畳の道は、森の凸凹《でこぼこ》な道よりずっと歩きやすい。

道のところどころに小さな噴水や水路が設置されており、透き通った美しい水が流れている。

さらに道の横には街灯が並び、花壇《かだん》で彩られている。アドラード王国よりも進んだ印象を受ける。

もしかすると、国をまたいだのだろうか……

そんなことが頭をよぎった。

さらに、しばらく歩く。すれ違った数人の通行人は、普通の人が半分、もう半分が耳や尻尾《しっぽ》が生えた獣人《じゅうじん》だった。

王国ではなかなか見かけない獣人だが、隣国であるクリスト共和国は、国民の半数ほどが獣人だという。

ここはもしかしてクリスト共和国なのだろうか。

クリスト共和国は、鎖国状態《さこくじょうたい》とまではいかないものの、国交には消極的だ。

だから、アドラード王国まで詳細な情報が伝わってくることはない。

知識として獣人が多いことは知っていても、実際に判断するとなると確証が持てないし、実感も持てなかった。

「これは……門？」

門というにはあまりにも簡易的なつくりのそれは、扉を開け放ったまま、俺の目の前に鎮座《ちんざ》していた。

塀で囲まれた町の中に入るには、この門を通らなくてはならないようだ。

誰でもどうぞと言わんばかりに開かれたその扉は木製で薄い。門としての重厚感を感じさせない。

少しだけ迷ったが、コランに腕を引かれるままに中へと入る。

「わ……」

その途端、眼前《がんぜん》に美しい景色が広がった。

豊かに水がたたえられた巨大な噴水に、町中を駆け巡る入り組んだ水路。

薄い色を基調とした建物が続き、その町並みが水の清浄さを引き立てている。

水の都、まさにそんな言葉がぴったりだ。

『キュ、キュッ』

コランが鳴いて、美しい景色から意識を引き戻される。

コランはまだそわそわとしていて、俺の袖を離してくれない。

とっくに袖部分の布地はボロボロになってしまっている。

「なぁコラン、お前はどうして俺をここまで連れてきたんだ？　確かにこの町は綺麗だけどさ、まさか、これを見せたかっただけとか言わないよな……そのまさかとか？」

コランは答えなかった。結局どっちなんだよ。

通行人がコランを訝しげな目で見ているが、何も言われなかった。

「……その大きさは目立つし、もとのサイズに戻れないか？」

『キュ』

コランは首を振った。どうやら無理らしい。

まさか一生この大きさのままということもないだろうが、とにかく今は戻れないようだ。

仕方ない、このまま連れ歩くしかない。

俺が歩くと、コランは後ろをとてとてとついてくる。

サイズが大きくなっても、短い脚はそのままだった。

「せっかくだし、観光でもしてから帰るか。行こう、コラン」

コランのほうを振り返ってそう言うと、こくりと頷かれる。どうやらコランも賛成らしい。

この世界、少なくともアドラード王国ではペットを連れ歩いている人はほとんど見たことがない。

飼育されているのはほとんどが食べ物目的の家畜《かちく》、もしくは牧羊犬《ぼくようけん》や番犬《ばんけん》だ。

猫はお金持ちが室内で飼うぐらいなので、外では見かけない。

そのこともあって、リードもなしに大型犬サイズのコランを連れ歩くのは少し不安だった。

歩きながら、そっと周囲の人たちの様子をうかがってみる。

チラチラと視線は感じるものの、あからさまに白い目を向けてきたり、何か言ってきたりする人はいない。とりあえずは大丈夫そうだった。

「綺麗な水路だなぁ」

町並みを眺めながら、思わずそう呟く。

四方八方に張り巡らされた水路に流れる水は、どれも透き通っていて綺麗だ。一体どこからこの水を引き入れているのだろう。

ひときわ太い水路には、川にかけるような小さな石造りの橋がかかっている。

水路の脇に小舟が置いてあるところもある。

ちょっとした移動にもこの水路を利用するのかもしれない。

観光すると決めて見てみると、おそるおそる町に足を踏み入れたさっきよりも、さらに美しく見える。

「ちょっとあんた、待ちなさいよね！」

ボーッと水路を見ていると、どこからかそんな声が聞こえてきた。

「なんだろう？」

顔を上げると、水路を一つまたいだ向こう側の道を、大きな鞄《かばん》を抱えた痩《や》せた男が走っている。

あまりに必死な表情に、何かから逃げているのかと思った瞬間、男の後ろを身軽な女の子が追いかけていく。

一つに結ばれた茶髪に、活発そうな吊り眉。そしてその子の頭には、薄茶色の大きな猫耳が生えていた。

女の子は走りながら、ポケットから何かを取り出す。黒いハンカチだ。

彼女はそのハンカチの端《はし》を持って、軽く一振りする。

綺麗に折りたたまれていたハンカチがひらりと軽やかに広がったかと思うと、それは一瞬のうちに黒いローブへと変化していた。

彼女は走りながら素早くローブを羽織り、道を駆け抜けていく。

ローブをあんな小さく四角く折りたためるとは思えない。空間魔法でも施《ほどこ》されているのだろうか。

「止まりなさいったらー!!　その鞄返しなさい！」

猫耳の女の子が叫ぶ声で、ハッと我に返る。コランを見ると、目が合った。

「きっとひったくりだ。行ってみよう」

そう言うと、俺より先にコランが走り出した。慌ててそのあとを追いかける。

橋を渡った先では、さっきの猫耳の女の子が立ち止まって、しきりに周囲を見渡していた。

どうやら見失ってしまったようだ。

さっきは気が付かなかったが、耳と同じ色のふさふさの茶色の尻尾もはえていた。

「ああもう、どこ行ったのよ、あの男」

猫耳の女の子は苛立《いらだ》った声でそう呟く。

その声に同調するように、尻尾がゆらゆらと揺れている。

そのとき、俺の後ろから杖《つえ》をついたおばあさんがやってきた。

おばあさんは俺の横をゆっくりとした歩みで通り過ぎると、女の子の横で立ち止まった。

「アイレットちゃん、私はもう大丈夫だから。今日は非番の日なんだろう？　休みの日まで無茶することないよ」

おばあさんは小さな子供に言い聞かせるみたいな声色でそう言った。

よく見れば、おばあさんは鞄を持っていない。ひったくりの被害者なのだろう。

アイレットと呼ばれた猫耳の女の子は、やっぱり身軽な動きで振り返る。

「おばあちゃん。大丈夫、無理なんてしてないよ。それにあの鞄、確か娘さんが作ってくれたものでしょ？　大事なものなんじゃない？」

「それは……」

アイレットに言われたとおりなのか、おばあさんは口ごもった。

「それに、あたしが許せないの！　この町で悪事を働くやつは逃すわけにはいかないんだから！」

迷っているおばあさんを前に、アイレットはビシッとそう言った。

真っ直ぐ伸びた背筋と一緒に、尻尾もピンと立っているのがちょっぴりおかしい。

そんなアイレットの様子を見て、おばあさんは笑顔を見せる。

アイレットもにっこりと笑顔を浮かべた。

「おばあちゃん、ちょっとだけ待っててね。あたしがすぐに捕まえてやるから。にしても、どこ行ったのかしら……」

アイレットは額に手を当てて辺りを見渡す。

ぐるりと百八十度見渡してから、ふと彼女は動きを止めた。

「ちょうどいいわ」

そう呟いたアイレットの視線の先には、太い幹《みき》に枝葉を茂らせた木があった。

高さはちょうど、二階建ての建物の屋根と同じぐらいだ。

そのとき、アイレットが突然地面を蹴《け》って跳躍《ちょうやく》した。

「えっ」

俺は思わず驚きの声を上げる。

おばあさんも同様に驚き、目を見開いてアイレットを見つめている。

アイレットは地面から数メートルも飛び上がると、太い枝に着地した。

そしてするすると枝から枝へと移っていき、あっという間に一番上の細い枝まで辿り着いた。生《お》い茂《しげ》った葉の間から、アイレットの腰から上が飛び出ている。

まるで手品《てじな》のような、一連の動作にあっけに取られていると、アイレットはぐっと体を沈み込ませた。

「よっ、と」

そして大きく跳躍し、一番近くにあった屋根の上に危なげなく着地した。

アイレットのいた位置から屋根までは二、三メートルもあったというのに、まるで躊躇《ためら》いがな

かった。

アイレットはその隣にある屋根、さらにその隣にある建物の上へと飛び移り、より高い位置を目指す。

そして、ひときわ高い建物の屋根に辿り着くと、また額に手を当てて辺りを見回した。

俺とおばあさんはいつの間にか二人固まって、アイレットの様子をハラハラしながら見つめていた。足元を見る余裕はなかったが、もしかしてコランも同じだったかもしれない。

「見つけた！」

アイレットはそう叫ぶなり、一瞬姿を消したように見えた。

少し遅れて、姿を消したのではなく、飛び降りたのだと気付く。

背筋がひんやりとしたのも束の間、アイレットは全身の関節をクッションにして、四《よ》つん這《ば》いになるようにして着地した。その様子は高い場所から飛び降りたときの猫そのままだ。

アイレットは素早く体勢を立て直すと、建物の隙間を縫《ぬ》うようにして走っていく。

あっという間に見えなくなってしまったが、すぐにどこからか男のうめき声が聞こえてきた。

そしてほどなくして、ひったくり犯をたずさえたアイレットが戻ってきた。

男の手は紐状《ひもじょう》のものでしっかりと拘束されている。

よく見ると、アイレットの髪に飾られていた紺色《こんいろ》のリボンだった。

そして、おばあさんの鞄は今、アイレットの手にある。

「はい、おばあちゃん。鞄、取り戻したよ。なくなったものがないかちゃんと確認してね」

アイレットはそう言いながら、おばあさんに鞄を手渡す。

鮮やかな花の刺繍《ししゅう》が施されていて、とても綺麗な鞄だった。

おばあさんは言われたとおり鞄の中をしっかりと確認すると、微笑みながら顔を上げた。

「大丈夫、なくなったものはないし、鞄にも傷はないみたいよ。アイレットちゃん、ありがとうねぇ」

「ううん、あたしが我慢できなかっただけだから。大事な鞄が傷つかなくてよかった」

アイレットは太陽みたいな明るい笑顔でそう言った。

「ほら、あんた。おばあちゃんに謝りなさい」

捕まっている男が、びくりと肩を震わせる。随分怯えているみたいだ。

「ご、ごめんなさい……」

男は控えめに頭を下げながらそう言った。

アイレットがその頭をぐいぐいと押して、もっと下げさせる。男は最初だけ抵抗していたが、すぐに諦めて深く腰を折った。

あの一瞬の間に一体何があったのか、ひったくり犯はすっかり元気をなくしているようだ。

「ところでアイレットちゃん、その男の人を離してやってはくれないかね。鞄は無事だったし、何も盗《と》られてないんだし。それに反省してるみたいだよ」

無事取り戻した鞄を愛《いと》おしそうに見ながら、おばあさんはそう言った。

「いいの？　おばあちゃん」

「いいのさ。アイレットちゃんがもうしっかりとっちめたみたいだしね。きっとその人も十分反省しているはずさ。そうだ。この花束、家に飾る予定だったんだけど、お礼に受け取ってくれるかい？」

アイレットは不服そうな顔をしていたが、おばあさんが差し出した花束を見て、男を解放した。

男は憎々《にくにく》しげにアイレットを睨《にら》む……なんてこともなく、やっぱり元気のない様子ですごすごとどこかへ歩いていった。

おばあさんはそれを見送ったあと、アイレットに何度もお礼を言いながら、杖をついてゆっくりと去っていった。

全員を見送ってから、アイレットは「ふぅ」と息を吐いた。

「全く、いつまで経ってもならずものは減らないわね……ん？」

俺は横で一部始終を観察していたが、彼女は今になってやっとそのことに気付いたようだ。

アイレットと視線がかち合う。

「こ、こんにちは」

先手必勝……というのは建前で、無言の時間に耐え兼ねて挨拶すると、アイレットは表情を緩めた。

「こんにちは……もしかして、今の見てた？」

俺が頷くと、アイレットは恥ずかしそうに笑った。

「あちゃあ、必死なところ見られちゃったね。あたしは猫の獣人だからいいけど、あなたは絶対に真似しちゃだめよ」

アイレットは苦笑いしながらそう言う。

「もしかして、あのすごい動きは獣人の特性なの？」

「すごいってほどじゃないけど。普通の人より沢山動けるのは獣人だからよ。褒《ほ》めてくれてありがとう」

俺の質問に、アイレットは嫌な顔一つせずに答えてくれた。

あのすさまじい動きは猫の獣人の特性だったようだ。

素《す》の身体能力だけであんな動きができるなんて、ちょっぴり羨《うらや》ましい。

「ところであなた、見ない顔ね。この辺の子？」

アイレットはふと思い出したようにそう言った。まじまじと見られて落ち着かない。

「ちょっと用事でアドラード王国から来てて……」

「アドラード王国から？　多分まだ六歳ぐらいよね？　王国からここまでは随分遠いけど……一人で来たのかしら……でも、話した感じしっかりしてるし、今時の子供ってこんなもの？」

アイレットはしばらく不思議そうな顔をしていたが、とりあえず納得してくれたようだ。

「そういえば、そのワンちゃん、珍しい毛色ね。綺麗なピンク色」

一瞬なんのことかと思ったが、アイレットの視線が下に向けられているのを見て、コランのことだと理解する。

コランは俺の後ろに半分ほど隠れているから、大きさだけ見て犬と勘違いしたらしかった。

コランダムロウデントだとバレると少々面倒なことになりそうだし、勘違いしてくれたのはむしろ好都合だったので、黙って頷いておく。

けれどアイレットは俺が頷いたあとも、興味深そうにコランの毛を見続けている。

犬だとしたら確かに珍しい毛色だし、気になる気持ちも分かるが……あまり見ないでくれ！

俺は頭をフル回転させ、アイレットの気を逸らす方法を考えた。

「そ、そうだ！　僕、この町を観光しようと思ってるんだけど、何も分からなくて。どこかいい場所があったら教えてくれないかな」

俺は当初の予定を思い出した。アイレットの視線が、やっとコランから外れる。

アイレットの興味は、俺の言ったことに向かったようだ。ひとまずホッと息を吐《つ》く。

「いいね、観光。この町はすっごく綺麗だし、きっと楽しめると思うわ。そうね、おすすめの場所かぁ。うーん……いっぱいあって決めかねるわね」

アイレットは顎《あご》に手を当てて考え込んでいる。うんうんいいながら首をひねっている。

せっかく観光のことを考えているところ申し訳ないが、俺はコランの正体がバレないか、心臓がドッキドキだった。

アイレットはたっぷり悩んだあと、何かを思いついたように顔を上げた。

そのとき視線が俺の後ろに向いたせいで、またもや俺の心臓が飛びはねる。

「そうだ！　せっかくだから、あたしが案内したげる。任せて、この町には子供の頃から住んでるんだから」

アイレットはドン、と胸に拳を当ててそう言った。

ありがたい。すごーくありがたい。俺だって普通の状況だったら、何も考えずにイエスと言っていたことだろう。

しかし今、俺の後ろには、なんと幻想種のコランダムロウデントであるコランがいるのだ。

素直に「はい」と言って、案内してもらっている途中にバレては大変だ。

俺が答えあぐねていると、アイレットは不安そうに眉尻を下げた。

同時に尻尾も元気をなくし、下のほうでふらふらと不安げに揺れている。

「もちろんあなたさえよければだけど。ごめん、おせっかいだった？」

「ううん、違うんだ。むしろお願いしたいぐらい。ただ……」

「ただ？」

『キュ？』

言うべきか、言わないでおくべきか。しかし、隠し通せるとも思えない。

俺がやきもきしていると、鳴き声を上げながら、コランが顔を出した。

サーッと血の気が引くのが自分でも分かった。急激に冷や汗が噴《ふ》き出《で》てくる。

「ん？　ワン……ちゃん？」

アイレットは首を傾げてそう言う。

『キュ。キュキュ』

アイレットの言葉に、コランはまるで話をしているみたいに、リズムよく鳴いて返事をする。

不思議そうな顔を通り越し、アイレットの表情はどんどん怪訝なものになっていく。

コランの角が光を反射して、キラリと輝いたときだった。

「コ、コランダムロウデント――」

「わー!!　ストップー！」

俺はアイレットの声をかき消すようにそう叫びながら、反射的にアイレットの口を手で塞いで、すぐに離す。

「ご、ごめん。色々気になると思うけど、とりあえず大声を出すのはやめてほしいんだ」

「……分かったわ。とりあえずは、ね。じゃあ、説明してくれる？」

さっきの朗《ほが》らかな雰囲気とはうってかわって、厳しい雰囲気と口調に怯む。

どうやら俺も、誤解を解くまでの間は、さっきのひったくり犯と同じように、悪者とみなされるらしかった。

刺々《とげとげ》しさ満点の視線を向けられながら、おそるおそる口を開く。

「確かにこいつはコランダムロウデントだ。でも、違法に捕獲したわけじゃなくって……証明はできないんだけど、ある人から預かってるんだ」

「ふぅん、嘘はないみたいね。でも、その人が捕獲したってことはないのかしら？」

「それはないよ。とっても信用できる人だから」

迷わずきっぱりとそう言う。

アイレットは俺とコランの顔をしげしげと見ながら考えているようだった。

「あなたの言い分は分かったわ。でも、やっぱり疑いは――」

『キュ！　ンギュ!!』

コランが話を遮《さえぎ》るようにして、大きな鳴き声を上げた。

見ると、毛もぶわりと逆立っている。

「コラン、怒ってるのか？　急にどうしたんだよ。気に食わないことでもあったのか？」

俺がそう言うと、コランは地団太《じだんだ》を踏んだ。

アイレットは考え込むのをやめ、顔を上げた。

「……多分、あたしがあなたを疑ったから怒ってるんじゃないかしら。仮にコランダムロウデントを捕獲したとしたら、こんな風にはならないはず」

「それは、つまり――」

「ええ。信じるわ、あなたの言ったこと」

アイレットは再び笑顔に戻ってそう言った。威圧的なオーラはすっかりなくなっている。

ホッとして肩の力が抜ける。疑いが晴れてよかった。

然るべき場所に突き出されちゃうかと思った。

「ごめんなさい。コランダムロウデントなんて、聞いたことしかなかったから、つい疑わしく思えちゃって。あなたは何にも悪くなかったのに」

「気にしないで。疑うのも当然だよ。僕だって連れて歩いてる人を見たら、ちょっとは疑っちゃうし」

「そう？」

アイレットはちょっぴり元気を取り戻したようで、下がったっきりおとなしくしていた尻尾が、上を向いてゆらゆらと揺れ始めた。

「そう言ってもらえると気が楽だわ。あ、そうだ。観光の話、どうする？」

「もちろんお願いするよ。コランのことが気がかりだっただけだから」

「よかったぁ、てっきり迷惑だったのかと思った……そうと決まれば、早速出発しましょ！」

そう言って、アイレットは歩き出そうとする。それを慌てて引き止める。

「どうかしたの？」

「あの……名前は？」

おばあさんが呼んでいたから知ってはいるが、本人からは聞けていない。

それに、俺も名乗れていない。案内の前に、自己紹介を済ませておきたかった。

「あたしはアイレット。猫の獣人よ。よろしくね。あっ、獣人は自己紹介のときに種族を名乗るのがマナーなの」

アイレットは小首を傾げ、可愛いらしい仕草でそう言う。

「そういえば猫って、どんな猫なの？」

「ごくふつ～の猫よ、面白みのないことにね。しいて言うなら茶色のキジトラだけど、要はミックスね、ミックス。あーあ、あたし長毛種《ちょうもうしゅ》がよかったのになぁ」

アイレットは不満げにそう言った。

ふさふさの茶色いしっぽも、ぴんと立った耳も、十分モフモフ……魅力的だと思うが。そういうものなのだろうか。髪の色や瞳の色がどうのこうのとか、二重まぶたか一重まぶたか、みたいなものなのかもしれない。

「あ、僕はエルティード。いつもはエルって呼ばれてる」

「うん。よろしくね、エル！」

「よろしく、アイレット！」

その場の空気に呑まれてつい呼び捨てにしてしまったが、アイレットは眩しい笑顔を浮かべた。

「自己紹介も済んだところで、今度こそ観光へしゅっぱーつ！」

アイレットは元気よくそう言って歩き始める。

俺とコランも慌ててそのあとに続く。コランはちょっと目を離した隙《すき》に通常サイズに戻っていて、今は俺の肩に乗っている。

「どこへ行くの？」

「あたしのお気に入りの場所よ。どんな場所かは、着いてからのお楽しみ」

アイレットは内緒話をするみたいに、小声でそう言って笑った。

彼女は建物の合間を縫って、すいすいと歩いていく。時折『そこ通るの!?』というような路地に入り込むので、俺はその度に驚かされるはめになった。

今度は太い道を一本、二本と横断し、そのあとは通りを真っ直ぐ歩く。

「……ん？　なんの匂いだろう」

なんだか香ばしくていい香りがする。

「アイレットちゃーん！　今日もいいパン焼けてるぜ！」

道を歩いていると、どこからかそんな声が聞こえてきた。

馬鹿でかい声だ。声の主を探して、きょろきょろと辺りを見回す。

「あ、バンさん！　おはよう！」

アイレットはそう言って小走りで声のするほうへ向かう。

声の主は想定より遠くにいた。筋骨隆々《きんこつりゅうりゅう》の日に焼けた大男で、とてもパン屋の店主には見えない。

しかし、その背後には確かにクロワッサンが描かれた看板があり、さまざまな種類のパンが山盛りに積み上げられている。

秩序《ちつじょ》も何もあったもんじゃない陳列《ちんれつ》の仕方だったが、パンの山を物色《ぶっしょく》しているお客さんもちらほらいて、意外なことになかなか繁盛《はんじょう》しているようだ。

「アイレットちゃんの好きなゴロゴロパンも焼けてるぜ。一個買ってかないか？　今ならサービスで好きなパンを一個おまけするぞ」

パン屋のバンさんは、ボディビルダー並みの筋肉を見せつけながらそう言った。パン屋は体力仕事だと聞くが、いくらなんでもそうはならないだろう。

パン屋さんといえばふっくらとした優しいイメージなのだが、自分の常識をぶち壊された気分だ。

それにしても、やっぱり王国よりも文明が発達している。

人通りが多いところに来ると、そんな風に感じる。

王国は品種改良のあまりされていない地味な花ばかりで、あんなに色とりどりの花はない。

パンだって、最近小麦の栽培《さいばい》が上手くいって、普及してきたばかりだと聞いた。

それなのに、バンさんの背後のパンの山には、クロワッサン、チョココロネなど、豊富な種類のパンが並んでいる。中には何やら得体の知れない物体もあったが、それからは目を逸らしておく。

「悪いけど、今はこの子の観光案内をしてるの。お店には寄っていけないわ」

アイレットがそう言うと、バンさんの視線が俺に向けられる。

目力がすごくて、思わず何歩か後ずさりする。

数秒後、バンさんはニカッと無駄に白い歯を輝かせて、満面の笑みを浮かべた。

「そうだったのかい！　なら、そこの小僧《こぞう》にはタダで好きなのを持ってってもらおう。ついでにアイレットちゃんもタダにしといてやろうか。俺んとこのパンはうまいぞ、小僧！」

バンさんは元気いっぱい、筋肉ムキムキでそう言った。

「バンさんったら、強引《ごういん》なんだから……ごめんエル、ちょっと寄ってってもいいかな？」

そう言いながら、アイレットの目線はしっかりパンの山に向いている。

さてはタダに惹かれたな？

「もちろん。それに、僕もここのパン気になるし」

「やったぁ！　ありがと！」

アイレットはその場で小さく飛びはねると、早速パンの山へ向かった。俺も出遅れながら一緒に向かう。

間近で見ると、パンの山の大きさがよく分かった。

様々な種類のパンがうずたかく積み上げられている様は、『山』としか言いようがない。

しかし、よく見ると一つ一つのパンは比較的小ぶりで、食べやすそうだ。

これだけの種類のパンを、山になるほど毎朝作るのは大変だろう。

だから筋骨隆々になったのかもしれない、とバンさんを横目で見やりながら思った。

アイレットはトングを手にじっとパンの山を見て、目当てのものを探しているようだ。

獲物《えもの》を狙っているときのように、耳は前に向けられ、尻尾はゆらりゆらりと揺れている。

「……えいやっ！」

トングが視界の端を横切ったのも束の間、アイレットの掛け声とともに、素早くパンが山から抜き取られる。

山の中腹辺りから抜き取ったというのに、パンの山はぐらりともしない。

「お見事！」

バンさんがそんな茶々を入れた。

どうやら目当てのパンと山のバランスを見極め、いかに素早く無駄のない動きで取るかのスキルが重要なようだ。

「ほっ！　とう！　あちゃ！」

アイレットは珍妙《ちんみょう》な掛け声を上げながら、躊躇いなくトングを山に突き入れていく。

俺が鮮やかな手際に見とれている間に、アイレットのトレイの上にはパンが五つも載《の》せられていた。

「……アイレット、そのパンにするの？」

アイレットが取ったパンは、五つとも全て、パンの山の中でひときわ異様なオーラを放っていた得体の知れないものだった。

紫色の破片《はへん》や黄色い物体、極めつけには、黒くて細長い謎のニョロニョロがパン生地から突き出ている。美味《おい》しそうにこんがりと焼けたパン生地の部分との対比がひどい。

「もちろん。このゴロゴロパンは、あたしの大好物だもの！」

アイレットはとろけるような笑顔でゴロゴロパンを見つめている。

言ったとおり、よっぽど好物のようだが……

「やっぱ食べ物には見えないよな……」

思わずそう呟く。アイレットには聞こえていないようで、まだ嬉しそうにパンを見つめている。

他のパンは全て美味しそうな見た目をしているせいで、ゴロゴロパンだけがやけに目立つ。

なんだかどす黒いオーラを発しているような気がする……

「……本当にそれにするの？」

「そう言ってるじゃない」

それとなく聞いてみるも、アイレットの意志に変わりはないらしく、彼女はトレイを持ったまま、ルンルンでバンさんのもとへと向かう。

「バンさん、これお願い！　あ、もちろんタダでね！」

そう言ってアイレットはバンさんにトレイを差し出した。

一点の曇りもない笑顔を浮かべていたバンさんの口元が引きつる。

「お、お前なぁ……全部タダにしてやるとは言ってないぞ」

「だめ？」

アイレットは目を潤ませながら、ここぞとばかりに上目遣《うわめづか》いを披露《ひろう》した。

胸の前で手を組むあざとさ満点のポーズに、きゅるるん、なんて効果音が聞こえてきそうな潤んだ目。バンさんがたじろぐ。

アイレットはだめ押しとばかりに、さらに一歩踏み出す。

「ね、お願い！」

バンさんはたっぷり一分ぐらいの間、口を横一文字に結んで黙りこくっていた。

しかし、アイレットもめげずに、上目遣いをキープしている。

「仕方ねぇなぁ！　特別だぞ！」

バンさんが大声でそう言って、アイレットのトレイを受け取ったことで、無言の戦いに幕《まく》が引かれた。

おいこらアイレット！　卑怯《ひきょう》だぞ！

俺は心の中でそう叫んだ。

例のパンは手際よく袋に詰められ、それをアイレットが受け取る。

アイレットはルンルンな足取りで、飛びはねるように俺のもとへ戻ってきた。

「へへん、ゴロゴロパンゲット！」

「アイレット、今すごくあくどい顔してるよ……」

「え？　そう？　でへへ」

アイレットは袋を大事そうに抱きかかえながら、だらしない笑い声を上げた。

どれだけそのパンが好きなんだ。

「そういえば、エルはまだパン選んでないの？」

「迷っちゃってさ」

パンの山に積み上がっているパンたちはどれも美味しそうで、決められない。

俺の中では今、チョコがかかった甘そうなパンと、チーズがとろりとかけられたパンが、接戦を繰り広げている。

俺が真剣に悩んでいると、唐突にアイレットが俺のトングを奪い取った。

そしてゴロゴロパンを掴み取り、あろうことか俺のトレイの上にそれを載せやがった。

「おい、何するんだよ！」

「まぁまぁ、いっぺん食べてみなって。絶対美味しいから」

「このパンが大好きなのは嫌になるぐらい分かったよ」

アイレットはキラキラした瞳で俺を見ている。

……いや、見ているのはパンかもしれない。

「……だが断る！」

俺がそう言うと、アイレットはガクリと大げさに肩を落とした。

しかしその目はまだ光を失っていない。俺は次なる猛攻《もうこう》に身構える。

「そう言わずにさぁ、お願い！　騙されたと思って！」

アイレットは祈るように手を合わせて、バッと勢いをつけて頭を下げた。

放っておいたら土下座しかねない勢いだ。

「分かったよ……」

「ほんと!?」

俺が了承した瞬間、アイレットは一瞬で元気を取り戻した。

「現金なやつだなぁ……」

「何を言うのよ、本当に美味しいんだから！　期待しときなさいよねっ！」

アイレットの主張は右から左へ聞き流し、仕方なくゴロゴロパンを載せたまま、バンさんのもとへ向かう。

「おっ、少年。このパンを選ぶとは通《つう》だねぇ」

バンさんは顎に手をやりながら、そう言う。

「通も何も、アイレットに強制的に選ばされました」

「ガハハ！　そうかそうか。ま、そんな顔すんなって、食べられるもんしか入れてねぇから」

アイレットをこっそり指さすが、バンさんは豪快《ごうかい》に笑うだけだった。

食べられるもんしか入れてない、ということは、見た目がとても食べ物には見えないことは、バンさんも承知の上で販売しているらしい。

得体の知れない物体もとい、ゴロゴロパンはきちんと紙袋に詰められ、俺に手渡された。

それを抱えた今の俺は、さぞかしげっそりした顔をしていると思う。

アイレットは紙袋を抱えた俺を見て、満足げな笑みを浮かべた。

そしてバンさんに向かって大きく手を振る。

「バンさん、ありがとう！」

「おうよ！　また買いにきてくれよな！　ゴロゴロパン、またたっぷり焼いとくからよ！」

バンさんは通り一帯に響き渡るぐらい大きな声でそう言った。

袋の中のゴロゴロパンを思い浮かべるだけで俺はうんざりだったが、アイレットは終始嬉しそうにニコニコとしている。

パン屋から少し歩いたところで、俺はアイレットの顔を見る。

「アイレットってすごいね」

「何よ急に……そうかなぁ？」

アイレットはそう言って小首を傾げる。

尻尾と一緒に、頭の横で結ばれた髪とリボンが揺れる。

「だってさ、ほら、これ見なよ」

そう言って、彼女が持っている花束と紙袋に入ったパンを指さす。

アイレットはそれでもまだよく分かっていない顔をしている。

「この花も、パンも、タダでもらえるなんて。皆アイレットのことが大好きで、信用してるんだと思うよ」

「そうかなぁ？　えへへ、なんか恥ずかしいね」

アイレットは照れくさそうに、はにかんだ。

果たして町の皆の好意が本当にアイレットに伝わっているのかは疑わしいところだ。

今にも『そんなことないよ！』と言い出しそうな感じがする。

「さ、色々寄り道しちゃったけど、次こそ目的地に向かいましょ。そこでパンも食べるといいわ」

「ところで、いい加減どこへ行くのか教えてよ」

「ええー、さっきも着いてからのお楽しみって言ったじゃない」

アイレットは不満げに口を尖《とが》らせた。

「でもこのままじゃ、永遠に目的地に着かなさそうでさ……どこへ行くのか聞いておけば、安心でしょ？」

「くー、生意気な小僧ね！　まぁいいわ、教えたげる。あたしたちが目指してるのは……ズバリ、あそこよ！」

アイレットはビシッと通りの向こう……いや、正確には少し上を指さした。

「……滝？」

建物で隠れてさっきまでは気が付かなかったが、町の外に、滝がしぶきを上げて流れ落ちている。

「正解！　この町はね、あそこから水を引いてるのよ。だから綺麗な水がたっぷり使えるってわけ。ここに来るまでにいくつも水路を見たと思うけど、全部透き通ってたでしょ？」

アイレットは自慢げにそう言った。どうやら本当にこの町のことが好きらしい。

しかし俺の注意はアイレットの話には向かず、滝の手前へと向いている。

「なんかえげつない段数の階段が見えるんだけどさ、もしかして……」

「そりゃ上《のぼ》るわよ、もちろん」

「げぇ」

「げぇとは何よ。さ、行くわよ。階段上りきったあとのパンはきっと美味しいわよ！」

そう言ってアイレットは元気よく歩き出した。

俺はそのあとを重い足取りでついていく。

いざ目の前で見ると、階段はまるで終わりがないかのように見える。俺はごくり、と喉を鳴らす。

しかしアイレットは意気揚々《いきようよう》と飛びはねるように階段を上っていく。

それどころか、尻尾は楽しげにルンルンと揺れている。

「なんで楽しそうなんだよ……」

ぼそりとそう呟くが、アイレットは変わらずぴょんぴょんと階段を上っていく。

このままではスタートから絶望的な差が開きかねない。

俺は重くなる体を叱咤《しった》し、意を決して一段目を踏み出してみる。

『キュ！』

「あ、いて！」

一段目に足をかけた瞬間、俺の肩に乗ったままおとなしくしていたコランが、唐突に俺の髪を一束引っ張った。頭皮が引きつる痛みに思わず足が止まる。

「おいコラン、髪の毛はやめてくれよ。抜けたらどうしてくれるんだ。十円ハゲになったら嫌だよ」

コランを持ち上げ、怖い顔をしてそう言っても、コランは悪びれる風もなく、俺を見つめているだけだ。

くりくりの目を見ていると、うっかり絆《ほだ》されそうになるのでいけない。

やっぱり見た目は可愛い、見た目は。

「どうしたの？　早くおいでよ」

俺がコランと睨み合っていると、上からそんな声が聞こえてきた。

随分遠くのほうから聞こえてきた気がして見てみると、アイレットはもう何十段も先にいた。

獣人の身体能力、恐るべし。

「ごめんごめん、今行くよ」

そう言ってコランをもとどおり肩に乗せ、今度こそ階段を上り始める。

一段、二段、三段。

恐ろしい長さの階段に躊躇《ちゅうちょ》していたものの、一度上り始めてしまえば案外足は勝手に動く。

「いいペースじゃない！　でも途中で力尽きないように気をつけなさいよー！」

さっきよりもさらに上のほうから降ってきたアドバイスの返事代わりに、ペースを落とす。

ペース配分に気をつけながらさらに何十段か上る。

流石に疲れてきて、いったん休憩しようかと迷うが、まだまだ残っている階段を見てその気は失せた。まだ半分も上っていないのに、休憩するのはちょっと嫌だ。

疲れを訴《うった》え始《はじ》めた足を無理やり動かして、せっせと階段を上っていると、突然ぐわんと景色が揺れた。

危うく階段を踏み外しそうになって、なんとかその場に踏みとどまる。

ここで踏み外しでもしたら、ごろごろとボールのように階段を転がり落ちていきそうだ。

そうなった自分を想像して、ゾッとした。

ただの眩暈《めまい》かと思ったが、周囲に異質な空気が漂っているように感じる。

「この感覚は……まさか」

大気中に存在している魔力に意識を傾ける。

大気中の魔力は、普段なら穏やかに辺りを漂っているだけで、特になんとも思わない。

魔力濃度の高い森や洞窟《どうくつ》とかだと、多少クラクラすることもあるが、こんな町中だったらなんともないはずだ。

どうか気のせいであってくれと願いながら、目を閉じた。

「……っ！」

意識を向けた途端、脳が揺さぶられたと錯覚《さっかく》するぐらいの魔力量を感じた。

その上、魔力が乱れているものだから、たまったものじゃない。

頭がぐわんぐわんと揺れるようだ。

慌てて目を開き、意識を戻し、呼吸を整える。

息を吸って、吐いて、深呼吸を終えたところで、アイレットが階段を駆け下りてきた。

「ちょっと、本当にどうしちゃったのよ。大丈夫？」

アイレットは心配そうに俺の顔を覗き込む。

「僕は大丈夫。ただ……」

「ただ？」

「空気中の魔力に意識を向けてみて」

アイレットは目を閉じ、言われたとおりにした。

数秒後、アイレットの尻尾の毛がブワッと逆立つ。

「分かった？」

アイレットは目を開き、真剣な表情で俺の言葉に頷く。

そして眼下にある町を見やった。

「ごめんエル、あたし、やらなきゃいけないことができちゃった。悪いんだけど今日の観光計画は中止でもいい？」

アイレットはすまなさそうにそう言った。

もちろん今は観光などしている場合ではないので、俺も迷わず頷く。

「近くの建物まで送ってくから、ついてきて」

アイレットはそう言って、ぴょんぴょんと一段、いや二段飛ばしで階段を駆け下りていく。

しかしすぐに俺が遅れていることに気が付いて、速度を落としてくれたので、置いてけぼりにはされずに済んだ。

この緊急時にやらなければいけないこととは一体なんだろう。

そんなことを考えていると、遠くから誰かの声が聞こえてきた。

「皆さん、焦らないで！　落ち着いて我々の誘導に従ってください！」

黒いローブを身にまとった男性が、そう叫んでいる。

少しデザインは違うが、アイレットがつけているローブによく似ている。

周りをよく見ると、黒いローブを身にまとった集団が、周囲に避難を促しているようだ。黒ローブを着用した人を中心に、人の流れができている。

誘導するほうもされるほうも、表情は硬《かた》いものの、取り乱している様子は見られない。

黒ローブの集団は、統率の取れた行動と、同じ服装をしているところからして、なんらかの組織のようだ。けれど、鎧《よろい》を着ている者や武器を持っている者はほとんどおらず、兵には見えない。

腰に剣を帯《お》びている者もいたが少数派で、ほとんどは短い杖を持っているのみだった。

格好からすると、いかにも魔法使いという感じだが……

俺が様子をじっと眺めていると、黒ローブ集団の中の一人が人の波を外れ、俺たちのもとへと駆け寄ってきた。

「アイレットせんぱーい！　一体どこ行ってたんですか、早く手伝ってよ！」

「あんたねぇ、あたしは今日休みだって言ったでしょ！　まぁいいわ、どうせ手伝うつもりだったし」

どうやらアイレットもこの組織の一員のようだ。

元気よく駆け寄ってきたのは、赤みがかった茶髪の、さわやかな印象の人物だった。

少年というには少し大人びた印象を受けるが、青年というにはまだ若い。
十五、六歳ぐらいだろうか。ちょうどセリナさんと同じぐらいの年頃に見える。
アイレットの知り合いのようだ。

彼の着用している黒いローブは布地に何か織り込まれているのか、近くで見ると不思議な輝きを放っている。

「そうだったっけ。すっかり忘れてた」

彼は悪びれる風もなくそう言う。

しかし、次の瞬間、目にもとまらぬ身のこなしのアイレットに、脇腹を小突かれていた。

「いてっ！　先輩、何するんすか」

「今回はこれでチャラにしておいてあげる」

アイレットはぽんと赤茶髪の彼の肩を叩く。

「さ、行くわよディノ。早く仕事しなきゃ」

「はーい……ん？　先輩、この子は？」

ディノと呼ばれた茶髪の彼がそう言うと、二人分の視線が俺に注がれた。

「あっ。ごめんエル、安全なところまで送るって約束したのに！　ちょっとディノ、あんたのせいで忘れてたじゃないの！」

「えぇ、俺のせい？」

「そうに決まってんでしょ！」

アイレットに理不尽な叱責《しっせき》を受けているディノを気の毒な目で見ていると、遠くからアイレットを呼ぶ声が聞こえてきた。ほら、やっぱり人望がある。

「あわわ、どうしよ……」

アイレットは両手を意味もなくわたわたと動かしながらそう言う。

ディノは声の方向を見やると、さっと俺との距離を詰めた。

そしてアイレットに眩しい笑みを向ける。

「この子は俺が責任もって送っとくから、先輩は行ってきていいですよ」

「本当でしょうね……」

「疑うより早く行ったほうがいいと思いますけど」

疑わしそうな視線を向けるアイレットに対し、ディノは声の方向を指さしてそう言った。

避難する人の数に、明らかに誘導している黒ローブの人の数が足りていない。

アイレットは少しの間迷うような素振りを見せたが、すぐに決断したようだ。

忙しなく俺と集団の間を行き来していた視線が止まる。

「分かったわ、じゃああんたに任せた。ちゃんとやりなさいよね！　あっ、その子のこと怖がらせるんじゃないわよー！」

アイレットはそう言い残しながら走り去っていった。

『怖がらせるんじゃないわよー！』の辺りにはもう遠く離れていて、風に乗って聞こえてくる感じだった。

「行っちゃった」

「先輩はせっかちだからな」

ディノは苦笑しながらそう言う。

「さて。えっと、俺はディノ。エルって言ったか？」

ディノはしゃがみ込んで俺と目線を合わせながらそう言った。

言葉選びや対応からして、小さい子に慣れている感じがする。

そして近寄られるとさらによく分かるが、すごく爽やかでキラキラしている。

俺の家族の顔面とは違う感じで。

不思議と引き寄せられるようなそんな雰囲気は、主人公っぽいとでも言えばいいのだろうか。

「う、うん。合ってる」

思わず変な返事をしてしまい、視線を逸らす。

すると、また特徴的な黒いローブが視界に入る。

「そうだ。その黒いローブはなんなの？　何かの組織？」

「一目瞭然《いちもくりょうぜん》だろ、魔術師《まじゅつし》だよ。組織っちゃ組織だな」

自己紹介もおざなりに飛び出てしまった俺の質問に、彼はそっけなくそう答えた。

魔術師？　聞いたことのない言葉に首を傾げる。

魔法使いでも魔導士《まどうし》でもなく、『魔術師』だ。

少なくとも王国内では聞いたことがないし、学園でも教わっていなかった。

それなのに、この人は当たり前だというように『魔術師』と名乗った。

黒いローブをまとっている人たちも、皆魔術師のようだが……魔術師ってなんなんだ？

「……って君、その肩のやつって」

『キュ？』

コランが小首を傾げる。

まずい。またさっきのアイレットみたいに騒がれるかも――

彼が訝しげな顔をした瞬間。

『キューッ!!』

「「わっ!?」」

大きな鳴き声を上げたコランに、俺とディノが同時に驚く。

そして、俺の肩から飛び出したコランが見事にディノに頭突きをかました。

重みのある音が響く。

ディノは後ろに突き飛ばされ、受け身を取る間もなく思いきり尻もちをついた。

角がある額は当たらないよう、斜めに頭突きしている辺り、配慮《はいりょ》はあったのかもしれないが、それでもかなりの勢いでのタックルだった。

コランは俺たちの混乱をよそに、すた、と短い前足をついてかっこよく着地した。

俺と地面に倒れたディノは、ぽかんと間抜けな表情でコランを見ていた。

混乱している俺たちを尻目に、コランはすかさず体勢を立て直し、俺の袖をくわえる。

「コッ、コランダムロウデント!? お、おい君、待てってたら!」

彼がそう叫んだのと、コランが走り出したのは同時だった。

戸惑い交じりにディノが俺たちを呼び止める声が、どんどん遠ざかっていく。

大通りから路地へ、坂道を上ってまた路地へ、今度は下ってまた大通りを走り抜け、ディノたちの姿はとっくに消えていた。

「今度はどこに行くって言うんだよー！」

俺がやけになってそう叫ぶと、予想とは裏腹にコランはぴたりと止まってくれた。

「や、やっと僕の言うことを聞く気に……」

そう言いながら顔を上げると、そこには荷馬車があった。

そしてその荷馬車は、複数の魔物に囲まれ、足で蹴られたり爪で引っかかれたり、見るからに襲われている。

前言撤回《ぜんげんてっかい》。コランに俺の言うことを聞く気なんてさらさらない。

ただここに連れてきたいがための行動だったのだ。

「ひ、ひぃ！」

中から悲鳴が聞こえてくる。魔物に襲われ、とっさに中へ逃げ込んだのかもしれない。

成り行きとはいえ、見捨てるわけにもいかない。

コランには腹が立つが、ここは黙って乗ってやるか。

「しょうがない、まだ試用段階だって言われたけど……」

馬車とは距離があるため、まだ魔物はこちらに気が付いていないようだ。

やつらが馬車に気を取られているうちに……

適当な木の枝を拾い、しっかりと握る。意識を体内の魔力に集中させる。

体内を流れる魔力が、腕を伝い、木の枝を伝っていく。そんな想像をしながら――

「この地に集いし雫《しずく》よ、この一時、全てを穿《うが》つ弾丸《だんがん》となれ――《雫穿弾丸《アクアバレット》》」

俺の声に、数匹の魔物がこちらに気付き振り向く。しかしもう遅い。

ドドドドド。

轟音《ごうおん》を立てて、圧縮された水滴《すいてき》が魔物めがけて空から降り注ぐ。

凶器のような雨が降りやんだ頃には、魔物は一匹残らず地に伏《ふ》していた。

「ふぅ。なんとか上手くいった。流石フェルモンド先生」

今のは普段使っている《アクアバレット》を、魔力が乱れていても使えるように、フェルモンド先生が新たな方式の魔法に直したものだ。

詠唱が長いのがちょっとばかり困るが、背に腹は代えられない。

まだエルフの里でのことを説明してからさほど時間が経っていないというのに、もう完成一歩手前だなんて、フェルモンド先生はやっぱりとんでもない。

試用段階だとか言ってたけど、もうほとんど実用できるじゃないか。

なんだかネズロやセリナさんのように、珍しい属性の使い手と似た詠唱となっている。

エルフの里での詠唱よりは簡単になっているとはいえ、やっぱり慣れない。

いつもこんな面倒な詠唱を使っているこの世界の人たちはすごい。

魔物が息絶えているかを確認していると、荷馬車の主であろうおじさんが馬車の中から顔を出した。反射的に木陰に隠れる。

「あ、あれ……？」

おそるおそるといった様子で出てきたおじさんは、倒れている魔物を信じられないといった目で見ている。

「びっくりした。君も魔術師だったのか。そんなに小さいのにすごい威力だな」

「ひっ」

ぽん、と後ろから肩に手を置かれ、短く悲鳴を上げる。

ゆっくり振り返ると、ディノがいた。

「……ど、どうやって。ていうか、もしかして今の見てた？」

「どうやってって、普通に追いかけて走ってきたけど。今のって、魔術のことか？」

また魔法ではなく『魔術』と口にしたのが引っかかるが、ひとまず頷いておく。

「魔術なら、詠唱するところぐらいからなら見てたけど」

「全部かぁ……」

面倒なことになった。

今使ったのは研究を重ねて開発した、魔力が乱れていても使える普通の方式とは違う魔法だ。

加えて隣には幻想種らしいコランダムロウデントのコランまでいる。

それにディノはアイレットと同様、黒ローブ集団——なんらかの自治組織に属しているようだし、絶対に質問責めルート直行だ。

「安心しろ、コランダムロウデントを連れてるからって、別にどうこうしようって気はないよ。それよりこいつ、名前なんていうの？　可愛いな」

「まぁ……名前はコランだよ」

俺が煮え切らない返事をすると、ディノは興味深げにコランを見つめている。

しかしディノは、アイレットのように鋭い視線は向けてこない。

それに少しだけホッとした。

「……ところで、その魔術とか魔術師とかってなんなの？」

色々と疑問はあったが、一番聞きたいのはそれだった。

人のよさそうな、見るからに主人公っぽいディノに思いきってそう尋ねてみる。

俺の言葉を聞くと、ディノは驚いたように目を見開いた。

魔術師のことを知らないというのはそんなにもおかしなことなのだろうか。

俺が常識からズレているのは父様に何度も指摘されている。

俺が知らないだけで、まさか魔術っていうのは、学校で習うまでもない常識だったりするのか⁉

「君……」

『キュッ！』

ディノの足元のコランが短く鳴く。

顔を上げると、ディノの後ろにいる魔物と目があった。

猪《いのしし》の姿をしたそれは、牙を剥き出しにして、じりじりと俺たちに接近している。

しかし俺に気付かれたのを悟ったのか、即時に地面を蹴り、魔物は宙へと舞い上がる。

「ディノ！　後ろ——」

今にもディノに飛びかからんとする魔物。

ディノは俺の声に振り向くが、魔物はすぐ側まで迫っている。

俺は咄嗟に片手に持ったままだった木の枝を構える。

「この地に集いし——」

「なんだ魔物か」

ディノが振り向きざまに短剣を一振りする。

それだけで魔物は動きを止めた。ドサッと魔物が地面に落ちる音が聞こえた。

「え」

驚きから、思わず声が漏《も》れる。

ディノは振るった右手の手首に、反対の手で触れながら、様子を確かめているようだった。

くせのように見える、ごく自然な仕草だ。

「さっきの生き残りかな。危ない危ない、先輩の言うとおり油断禁物《ゆだんきんもつ》だなぁ」

手首を確かめ終えると、ディノは顔を上げてそう言った。

「今のは……？」

思わずそう尋ねる。

ディノが魔法を発動した様子はなかったし、そもそも今は魔力の乱れで魔法が使えないはずだ。

だからといって、素の身体能力では剣を軽く薙《な》いだぐらいで、魔物を倒すことは不可能だろう。

驚きのような恐れのような、よく分からない心持ちでディノを見る。

「ああ、この剣は魔道具だから。これぐらいならサクッと終わるよ」

俺の心情とは裏腹に、ディノはなんでもないことのようにそう答えた。

魔道具ってそんなんだっけ……

俺の記憶にあるものを思い出してみるも、火をおこすものや拡声機能のあるもの、亜空間にものを収納するマジックバッグなどしか出てこない。

どれも日常生活向きで、戦闘に使えるような強力な魔法が施されたものはまずなかったはずだ。

それこそルシアが学園で襲われたときのように、自作でもしない限りは……

そもそもこんな魔力の乱れの中で使おうものなら、魔道具に刻み込まれた魔法がめちゃくちゃになって壊れてしまうだろう。

信じられない気持ちでディノの手に握られた剣を見やる。

どこからどう見たって、なんの変哲《へんてつ》もない普通の剣だ。

言われなければ魔道具かどうかすら分からない。

しかし、ディノはごく当たり前といった様子だ。

「そんな顔してどうした？　まさかどこか怪我でも？」

「いや、そういうわけじゃないんだけど――」

大丈夫だと答えようとした途端、一瞬景色が揺らいだ。

いや、俺の体がふらついたのだ。

その上、視界もなんだか薄ぼんやりしていて、体にも力が入らないような……

「本当に大丈夫？　なんかすごく顔色が……っておい！」

剣を投げだして駆け寄ってくるディノの姿を捉えたのを最後に、完全に体に力が入らなくなり、俺はガクンと地面に崩れ落ちる。

「……あれ？」

しかし地面にぶつかった痛みはなく、驚きながらおそるおそる辺りを見回す。

「あ、あっぶな……」

目の前には冷や汗をかき、焦った様子のディノ。

どうやら彼がすんでのところで俺の体を受け止めてくれたようだ。

体を起こそうとするも、微塵《みじん》も力が入らない。困った。

「君、魔力切れ寸前じゃないか！　どうしてこんなになるまで黙ってたんだ⁉」

ディノは困ったどころではない表情でそう言った。

「やっぱこれ、魔力切れ？」

「そうに決まってるだろ！」

「あ、あれ～？　いつもだったら全然平気なはずなのに……」

いつもなら、相当な無茶をするか、それこそ《デリート》を使わない限りは魔力切れになんてならないのに。たった一回魔法を使っただけで魔力切れなんて。

「あ」

そこでフェルモンド先生が付け加えて言っていたことを思い出した。

確か、「まだ試用段階で通常の魔法とは使用魔力が桁違いなので、もしも使用する際は十分に気をつけて使ってくださいね」とか言ってたような。

ついでに「僕の力が至らないせいですみません……エルフの里の魔法体系をもっと効果的に活用できれば少ない魔力でもできるはずなのですが……」と落ち込んでた、そういえば。

すっかり忘れてた。

「とにかくどこかで休まないと……そうだ、すぐ近くに俺たちの駐屯所《ちゅうとんじょ》があるんだ。そこへ行こう、いいな？」

俺が考え事をしている間に結論を出したのか、ディノに有無を言わせない様子でそう言われ、思わず頷く。

ディノは支えていた体勢から、俺を一気に担ぎ上げた。

視界が百八十度ぐらい回転して目が回りそうになる。

自分で歩かせてほしかったが、体に力が入らないんじゃ仕方ない。

そう思って一直線にどこかへ向かうディノに身を任せた。

4

「……あれ、ここは？」

目が覚めると、背中に硬い、とはいえ地面よりは柔らかい感触があった。

見ると、ソファに寝かされているようだった。

「えっと、共和国に来て、アイレットに会って、それから……そうだ、コランは⁉」

『キュッ』

ガバッと身を起こした途端、真横から鳴き声が聞こえてきた。

コランはフンフンと鼻を動かしながら、心配そうな表情をしているように見える。

「あ、目を覚ましたのか」

扉が開き、赤茶色の髪が覗く。入ってきた人物は水の入ったグラスを手にしている。

「ディノ。僕、どのぐらい寝てた？」

「心配するな、ほんの少しだよ」

ディノはそう言うと、サイドテーブルにグラスを置いた。

少々乱雑に置いたので、中の水がゆらゆらと揺れて零れそうになる。

「いたっ」

ズキン、とこめかみが痛んで顔をしかめる。

「急に起き上がるんじゃない！　まだほとんど回復してないんだから」

ディノが焦った顔でそう言ったので、ひとまずもう一度体を倒し、ソファに横になる。

少し頭が痛んだだけで、それ以外に問題はないのだが、心配をかけるのは本意ではない。

「ところで君はどこから来た？　親は？」

「あっ」

『親は？』とディノが言った途端、家族の顔――父様、母様、それから兄様と姉様の顔が浮かんだ。

そうだ、一刻も早く帰らなければ。きっと沢山心配をかけているに違いない。

でも魔力が乱れている今、転移魔法は使えない。

転移魔法は複雑なため、新しい魔法に落とし込むことも難しく、まだ試用段階にすら至っていない。今の新魔法では、簡単で単純な魔法しかできないのだ。

魔物が溢れているから、のんびり馬車で帰るわけにもいかない。

この魔力の異常が治るまで、俺は共和国に閉じ込められてしまったようだ。

「……大丈夫か？」

俺は相当思いつめた顔をしていたのだろう。ディノが心配そうに声をかけてくる。

「いや、言いたくないなら言わなくてもいいんだ。そこの、えっと、コランか。その子といい、わけありなのは分かってるから」

ディノは申し訳なさそうに言った。

迷惑をかけているのはこちらだというのに、本当にいい人だ。

「僕はアドラード王国から来たんだ。親はそこにいる。きっと今頃僕のことを心配してると思う」

「王国から？　一人で？」

「うん。正確にはコランと一緒にだけど」

ディノは信じられなさそうな顔をしていたが、しばらくすると頷いた。

「君の事情は理解した。だけど今は魔力に異常が起きていて、君を王国まで送り届けることは不可能だ」

ディノは淡々《たんたん》とそう言った。それは俺自身も分かっていたので動揺はしない。

「すぐに帰ることは難しいけど、国家魔術師として、君の安全は保障しよう。大丈夫、ここはクリスト共和国だ。魔物なんて敵じゃない。俺たち魔術師に任せて」

ディノはそう言ってニカッと歯を見せて笑った。

やっぱりどこか人を引き付ける魅力が彼にはある。

ディノの笑顔に絆された人もきっと沢山いるに違いない。

かくいう俺も出会って間もないというのに、ディノのことをかなり信頼してしまっている。

もちろんそれは悪いことではないのだが、注意も忘れてはいけない、と胸に留めておく。

何しろここは知らない国で、さらに今は異常事態なのだから。

「ところで、さっきは聞きそびれたけど、魔術って一体なんなの？　魔法なら僕もよく知ってるけど、魔術だなんて聞いたことがない。ディノは魔法使いでも魔導士でもなく、魔術師なんだろ？　それにこの魔力の乱れの中じゃ魔道具も使えないはずなのに……」

一つの質問で留めておくつもりが、積もり積もった疑問たちが一気に口から飛び出してしまった。

いくら優しく気のいい人物とはいえ、これではディノも気を悪くしてしまうかもしれない。

しかし予想とは裏腹に、ディノは嫌な顔一つせず俺の言葉を聞いていた。

「ああ、そういえば王国はまだ研究が進んでいないんだっけ」

ディノはたった今気付いたかのように、あっけらかんとそう言った。

「魔術っていうのは、簡単に言えば新しい魔法。今みたいに魔力異常の中でも使えるよう開発されたものだ。魔道具もそれを応用しただけで変なものじゃないよ。あれ？　でも君も使ってなかったっけ？」

ディノはそう説明した。

魔力異常の中でも使用できる新しい魔法。

魔術とは、今俺たちが研究を進め、今日俺が使った魔法と似たようなものっぽい。

思い返してみれば、ディノは俺の使った新しい魔法を『魔術』だと言っていた。

ということは、やっぱりこの二つは根本的に同じものなのではないだろうか。

俺たちが開発した魔法は、試用段階なのもあるが、魔力量の多い俺でも一、二回の発動が精いっぱい。詠唱も煩雑でコツを掴むのが難しく、普及への道のりはまだまだ遠い。

だがディノたちの言う『魔術』は、見た感じもっと効率的で進んでいるようだ。

あれだけの人数が『魔術師』であるならば、魔術はとっくに実用段階へと至っているだろう。

魔術師全員の魔力量が平均以上であると仮定したとしても、魔力消費は俺が使ったものより、もっと抑えられているだろう。

俺がエルフの里へ赴《おもむ》き、王国で研究を進めている間に、共和国は既に対策を練っていたのだ。

だが、そうなるとある疑問が湧いてくる。

何故、魔術を王国や帝国に共有してくれなかったのか、だ。

共和国がこの大陸に訪れる危機、『災厄の日』そして『終末』を知っているのかは分からない。

けれど魔力異常が起これば、他の国も危険に晒されるということぐらい、少し考えたら分かるはずだ。

「ちょっと難しかった？」

ディノにそう声をかけられて我に返る。

彼の表情から察するに、思っていたより長い時間考え込んでいたようだった。

俺たちの試行錯誤《しこうさくご》が無駄だったとまでは言わないが、精いっぱい開発してた魔法が、隣国で普通に使われてました、というのは少しモヤモヤする。

睡眠時間を削ってまで頑張ってくれているフェルモンド先生たちに合わせる顔がない。

そのとき、外から物音が聞こえてきた。

「なんだ？」

「少し様子を見てくる。君はここから動くなよ」

ディノはそう言うと、俺を残して部屋の外へと向かった。

耳を澄ましてみるも、続いて音は聞こえてこない。

『キューッ！』

すると突然、後ろ足で立ち上がったコランが大声で鳴いた。

「どうしたんだよ、コラン」

コランはキュッキュッと小刻みに鳴きながら、壁際を歩いていく。仕方なく立ち上がってそのあとを追う。コランはひととおり部屋の中を歩き回ったあと、ドアとは反対側にある壁の、左側の端で動きを止めた。

そして短い前足で、何やら壁をたしたしと叩いている。

何を言いたいのか分からず、首を傾げていると、コランはますます激しく壁を叩き始めた。

「……押せってこと？」

俺がそう言うと、コランはこくりと頷いたのち、壁を叩くのをやめた。

コランの近くにしゃがみ込み、おそるおそる叩かれていた辺りの壁を押してみる。

少し力を入れただけで、壁は軋《きし》んだ音を立てて回った。

「隠し扉だ。コラン、お前一体どうやってこんなの見つけたんだ？」

そう尋ねてみても、コランは人間の言葉なんて分かりません、といった風に潤んだ瞳で見返してくるだけだった。

隠し扉は回転式になっていて、普通に手をついても分からないようにするためか、かなり背が低く作られている。大人が腹ばいになってぎりぎり入れるぐらいの大きさだ。

どう考えても怪しい扉を前に考え込んでいると、ふとコランが俺の足をつついた。

『キュ、キュ』

コランは器用に前足を動かし、扉と俺を交互に示して見せる。

「まさか、入れって？」

『キュ』

「それは流石にちょっと……」

『キュ！』

「いやいや、どう考えたって怪しすぎるって。それに、もうすぐディノも帰ってくるだろうし」

そのとき、壁の中からごそごそと音がして飛び上がる。

俺が飛びのいた瞬間、扉が回転し、猫耳が現れる。そしてアイレットが這《は》い出《で》てきた。

「あれ、エルじゃないの」

アイレットは俺を見ると、ぽつりとそう言った。びっくりした。

「もう仕事は終わったの？」

この状況に混乱しつつも、とりあえず他愛《たわい》ないことを聞いてみる。

「一段落ついたとこよ。にしてもあいつ、どこ行ったのかしら――」

「先輩、そこは非常時以外は使わないって、この間俺に注意しなかったっけ？」

今度はガチャリと後ろの扉が開いて、入ってきたディノがそう言った。

声も表情も見るからに呆《あき》れている。

アイレットは気まずそうに目を逸らすと、頬をかいた。

「あはは、ごめんごめん。まさか人がいるだなんて思わなくってさ……」

ディノはまだ疑わしげな目で彼女を見ていた。

「あ、そうだ。上から伝言よ。今回の魔力異常は小規模だから、今日中、遅くても夜までには収まるらしいわ」

アイレットが思い出したようにそう言った。

では俺も夜までに帰れるらしい。

「でもよかったわ。このままエルを放置しとくわけにもいかないしね。さ、ここはあたしが代わるから、あんたは仕事してらっしゃい」

「え、そんな」

「……さてはあんた、サボりたいだけね？」

ぎくり。そんな効果音がぴったりなぐらい、アイレットの言葉に、ディノはあからさまに体を強《こわ》張《ば》らせた。そして、渋々顔でまた外へ出ていった。

「よしよし、行ったわね。全くあいつ、サボり症なんだから……」

さっきのディノに負けず劣らず、アイレットが呆れ顔でそう言った。

「じゃああたしはこの辺りの警備をしてくるわ。魔力異常が収まるまではここから出ないこと」

アイレットは俺にそう言うと、ディノに続いて部屋を出ていった。

そのあとはアイレットが時々様子を見にきたが、それ以外は特に何もなかった。

一時間ぐらいで魔力異常は収まった。

朝から創神祝日に行って、今はとっくに夕方を過ぎていたから、もうすっかり腹ペコだ。

家族にもきっと心配をかけているだろう。

帰ったら、共和国のこと、魔術のことを皆に話さなければ。

共和国が何故情報や技術を共有しないのかは分からないが、なんとか協力できれば、魔力異常への対応もぐんとよくなるはずだ。

共和国で得た情報を整理しながら、俺はアイレットに帰ることを告げ、転移魔法を発動した。目指すは我が家だ。

◇　◇　◇

玄関に転移すると、家の中がやけに静かなことに気が付いた。

まだ夕方だ。まさか全員が眠りについてしまったということはないだろう。

ならば留守にしているのか——そう思ったが、居間からは光が漏れ出ている。

そっと居間の扉を開けると、家族全員がそこに集まっていた。

全員の目が、今扉を開けた俺に向けられる。

「エル！」

まず声を上げたのは姉様だった。

押し倒さんばかりの勢いで突進されて、足を踏ん張ってなんとか後ろに転ばないようにする。

「おかえりなさい、エル」

母様は落ち着いた声でそう言ったが、その表情にはうっすらと疲れが滲《にじ》んでいる。

もしかして、ずっと俺のことを心配していたのかもしれない。

呆然としたまま座っていた兄様と父様が、ハッと我に返ったように、目の前にいる俺をもう一度見た。

「エル、僕たちずっと君のこと捜《さが》して、家に戻ってからも報《しら》せを待ってたんだよ！」

「ちょっと行方不明になりすぎよね」

震えた声で話す兄様に対し、姉様は茶化すようにそう言った。

「ところでエル、今までずっとどこにいたんだ？」

満を持《じ》して口を開いた父様が俺にそう尋ねた。

「ちょっと、いやかなり色々あって……共和国にいました」

家族皆、ひょっとするとそれ以外の人にも心配をかけたかもしれない。

皆の心労や、かけた迷惑を思うと、申し訳なさで胸が詰まった。

しかし家族は誰一人として俺を責める気はないようだ。

父様は共和国にいたという俺の発言を聞いて、面食らった表情を浮かべていた。

「大まかにいうと、コランのせいで共和国まで行くことになったんです」

『キュ？』

コランはここぞとばかりに、純真無垢極まりない瞳を家族たちに向けた。

そのうるうるした瞳にうっかり絆されそうになるが、すんでのところで踏みとどまる。

「父様と別れたあと、コランに服を引っ張られて、そうしたら、コランが段々大きくなっていって、僕を引きずり始めたんです。しまいにはそのまま走り出して、気が付いたら共和国にいました」

俺の発言に、家族たちは首を傾げたり眉根を寄せたり、いかにも不可解そうな顔をしている。

案の定だ。

自分でも言っていて意味が分からなかったが、事実なのだから仕方がない。

誰も質問してくる気配はなかったので、俺は話を続けることにした。

「まぁ経緯は置いておいて……僕、共和国で『魔術』っていうものを見たんです。魔力異常の中でも使える、魔法のようなものです」

「待て、エル。それは……」

「そうです。僕たちが今開発している新しい魔法とそっくりでした」

父様の顔に困惑の色が浮かんだ。

「それから、魔力異常の中でも使える魔道具もありました。多分魔術を応用したもので、王国の魔道具とは根本から違うんじゃないかと思います」

俺が話すほど、ますます父様は困惑した表情を浮かべる。

「僕にも詳しくは分からない。でも、どうにかして共和国と王国、それから帝国とで協力できないでしょうか。共和国の魔力異常への対策は、王国や帝国よりずっと進んでいるみたいでした。協力できればきっと、これからの魔力異常の被害も抑えられるはず。いつか来るあの日にも――」

「分かった」

父様が落ち着いた響きの声でそう言った。

もしかすると父様自身を落ち着かせようとして、そう言ったのかもしれないが、俺にも確実に効果があった。

「私にそれを決める権限はないし、交渉する立場にもない。だがお前の言ったことを国王に伝え、提案することはできる。私にできる限りのことはすると誓おう」

父様は揺るぎない様子で、そう言いきった。

一人で抱えていた情報を話すことができたおかげか、それとも父様ができる限りのことをすると言ってくれたおかげか、とにかくホッとして気が抜けた。

しかし、そこでこの間、夜鴉団の件を解決したときのこと――神様から言い渡された衝撃的な事実に思い当たった。『終末』だ。

これ以上後回しにするわけにもいかないし、ちょうど家族全員が揃っていていい機会だ。

意を決して口を開く。

「それから、もう一つ大切な話があるんです」

俺が言いかけたのをじっと待っているものの、誰も急かすことはしなかった。

ぐっと腹に力を込めて、その言葉を口から吐き出す。

「今回やってくるのは——『災厄の日』なんかじゃない。『終末』なんです」

『此度来《こたびきた》るものは、「災厄の日」などという生ぬるいものではない』

あのときの言葉が鮮明に蘇る。

父様が眉間にしわを寄せた。母様は不安げに瞳を揺らして俺を見ている。

兄様と姉様は、そのどちらも合わさったような複雑な表情をしていた。

「それは、どういうことなんだ、エル？」

最初に静寂《せいじゃく》を打ち破ったのは父様だった。

父様は眉間のしわをそのままに、けれど俺にプレッシャーを与えないようにしているのか、優しい声色でゆっくりとそう言った。

「詳しくは僕にも分からない……でも、確かにそうなんだ。信じてもらえないかもしれないし、何が変わるのか分からないけど、伝えておいたほうがいいと思ったんです」

途中まで言ってから、自分の発言には本当になんの根拠もない、ということが分かった。

あの白髪の少女、おそらくこの世界の神様である人物から聞いたのだ。

嘘を吐いているようにも見えなかったし、確かではないが信じるしかない。

「知ったからって何か変わるわけじゃないっていうのは分かってる。でも、これを話さないでいるのは……」

しんとした静寂がいたたまれなくて、矢継《やつ》ぎ早《ばや》に言葉を並べ立てる。

そうしていると、ぎゅっと兄様と姉様に抱きしめられた。

「エル、ありがとう」

最初に兄様がそう言った。

「わたしも兄様も、父様も母様も、そしてあなたも、皆がいるのよ！　終わりなんて迎えさせないわ！」

姉様が声を張り上げてそう言う。

耳の近くで言われたもので、少し耳がキーンとした。

「僕もそう信じてる。僕たち皆が必死で頑張れば、どうにかなるはずだよ」

続いて兄様が言う。

「エル、学校での僕らの評価を忘れてない？」

「……Sクラスの規格外な優等生？」

迷いながらそう言うと、兄様が悪戯《いたずら》っぽく、歯を見せて笑った。

兄様にしては珍しい表情だ。

「あら、私たちのことも忘れてもらっては困るわ。ねぇ、あなた」

今度は母様がそう言って、父様に話を振った。

父様は何やら気難しい表情で考え込んでいる。

「……剣聖《けんせい》と大魔導士《だいまどうし》、だったか？　世間での通り名は」

「違うわ。『光閃《こうせん》の剣聖』よ」

母様が間髪容《かんはつい》れずにそう言うと、父様が頭を抱えた。

「やめてくれ、その二つ名を聞くとなんとも言えない気分になる……」

「うふふ。私は懐かしいわ。あなたったら、自分でもその名前を気に入って――」

「頼むからやめてくれないか」

父様はとうとう顔を半分覆《おお》ってしまった。

母様は心底楽しそうにニコニコと笑っている。

今の父様にとっては悪魔の笑顔にでも見えているに違いない。

まさか父親の黒歴史を知ることになるとは思わなかったが、母様が楽しそうなので何よりだ。

「それに関することでもう一つ。いや、あんまり関係ないかもしれないけど、とにかく言わせてほしいんです」

焦ったせいで妙な切り出し方になったが、真っ直ぐに前を向いて言う。

目を逸らしてはならないと思った。

大きく息を吸って、言葉を組み立ててから口を開く。

「僕が十五歳になって、全部が終わったら。皆に話したいことがあるんです。悲しむかもしれないし、怒るかもしれない。もしかしたら裏切られたような気分にだってなるかもしれない。でも、そのときになったら、僕の……俺の話を聞いてほしいんだ」

どうにか最後まで言いきって、忘れていた息継《いきつ》ぎをする。

一番近くにいた兄様と姉様の様子を、横目でちらりとうかがう。

俺の発言が意外だったのか、二人はぱちくりと目を瞬かせている。

「何か隠し事をしてるのはとっくに知ってたよ」

「ええ」

兄様と姉様がごく自然な様子でそう言った。

拍子抜けして、思わずぽかんと口を開ける。

「最初は聖女関係のことかと思ってたけど、どうも違うみたいだし。でも、エルが言ってくれるときまで待とうと思ってたんだ」

「まさか気付いてないとでも思ってたの？　エルったら、時々後ろめたーいみたいな、よく分かんない表情しちゃって、隠す気があるほうがびっくりよ」

「そんなぁ……」

兄様と姉様の言葉に拍子抜けする。それならば、今俺が決めた覚悟はなんだったんだ。

「まぁそのときになったら話してくれるっていうなら、わたしたち楽しみに待ってるわ」

姉様は軽く微笑みながらそう言った。

「楽しみにするような内容じゃ……」

「だとしてもだよ。僕らは、エルが秘密を話してくれるってだけで楽しみだし嬉しいんだ。だって、誰かの秘密、それも大好きな人がそれを教えてくれたら、とっても嬉しいと思わない？」

兄様までそう言うので、俺には黙り込むしか選択肢はなかった。

困った。どうにも想像と違う展開になった。

本当に楽しみにされるような、いい秘密ではないんだけれど。

「エル」

反論しあぐねて首をひねっていると、父様が俺を呼んだ。

「お前が何を抱えているのかは分からないが、ルフェンドやセイリンゼと同じく、私もお前がそれを打ち明けてくれたら嬉しい。もちろん内容が分からない以上、どのような反応をするか、どういった感情を持つかは保証できない。だが、話してくれたことに対しては、間違いなく嬉しいと思うだろう」

父様は式典の祝詞《のりと》でも読み上げているかのように、粛々とそう言った。

ぽかんとしている俺をよそに、横で聞いていた母様が父様の肩に触れる。

「あなたったら、ちょっと難しく言いすぎじゃない？　この子たちみたいに、『秘密を打ち明けてくれたらとっても嬉しい！』ぐらいでいいのよ」

「それでは正確に伝わらないだろうと……」

「かといって難しくしすぎるのも考えものよ」

母様はそう言って腕を組んで見せたが、目が笑っていた。

「確かに母様の言うとおり、一発じゃ呑み込めませんでした」

「ほらね、言ったでしょう」

俺の言葉に、母様はそう言って笑う。もう腕を組むのはやめたようだ。

転生者であるという、ある種後ろ暗い事情を抱えている俺にとっては、家族の反応は、プレッシャーにも成り得るものだった。けれど、それでも嬉しかった。

今やエルティードである『僕』と江崎塁《えざきるい》であった『俺』の自我は溶け合い、境界線などとっくの昔に分からなくなっている。

子供にしてはありすぎる知識も、達観《たっかん》した思考も、これから成長していくにつれて、目立たなくなり、普通になっていくだろうと分かっていた。

それでも、隠し事をしているという事実が、ちくちくと常に胸の内を突き刺していた。

しかし、今日やんわりとそれを話したことで、これまでよりはずっと和らいだような気がした。

今日から俺は、『僕』の仮面をつけるのはやめにして、そのままの自分で皆に接することにした。

5

翌日の朝。

昨日少しだけ胸の内を打ち明けたことで、気分はすこぶるよかった。

朝食を食べに一階へ行くと、父様からしばらく学園は閉鎖、創神祝日のお祭りも中止である旨を告げられた。王国でも魔力が安定していないらしく、いつ魔力異常が始まってもおかしくない。様子見ということだった。

俺も兄様も姉様もがっかりだ。

父様は共和国のことを伝えるために王宮へと向かった。

母様、兄様、姉様はリビング、メイドのラディアはもう掃除を終えて庭の水やりをしにいったのか、屋敷の中にはいないようだ。

そっと屋敷の外へ出ようとすると、足が何か柔らかいものに触れた。

バランスを崩し、危うく転んでしまいそうになる。

『キュ！』

「コラン！　危ないじゃないか」

ふわふわの正体は、廊下をうろついていたらしいコランだった。

コランは咎《とが》めるような、据わった目で俺を見ている。

『キュ、キュ』

普段よりも低い声で短く鳴くコランは、どうやら抗議をしているらしい。

ダンダンと時折床を前足で叩きながら、喋っているかのように鳴くのを繰り返した。

「確かによく見てなかった俺も悪かったけど……足元にいたのはそっちだろ！」

『キュ！　キュキュ！』

コランがひときわ激しく鳴いた。どうやら俺の言葉を否定しているようだ。

「分かった分かった、悪かったって……だから、そんなに怒らなくても」

ぼそりと最後に呟くと、コランはガブリと俺の足に噛みついた。

「いったい!!　おい、何するんだ！」

鋭い痛みに悲鳴を上げると、コランは渋々といったように歯を立てるのをやめた。

でもまだ痛めつけ足りないとでも言いたげに、恨めしそうな顔をしている。

噛まれた箇所を見ると、血こそ出ていなかったものの、くっきりと歯形が付いていた。

そのとき、リビングがあるほうから足音が聞こえてきた。

「エル、こんなところで何してるの？」

やってきたのは兄様だ。

俺がコランと暴れていたのは玄関の扉の真ん前だ。ここでドタバタしているのは、どう考えたって不自然だった。

不審《ふしん》がっているような表情を浮かべている兄様。

コランをひょいと持ち上げて、慌てて愛想笑《あいそわら》いを浮かべる。

「ちょ、ちょっとコランと遊んでて。な、コラン？」

コランは俺をなんとも言えない目で見つめたまま黙っている。

兄様はますます疑わしげな視線を俺に向けた。

そのとき、もう一つ足音が聞こえてきた。

サイドアップにした髪をぴょこぴょこと揺らしながらやってきたのは姉様だった。

「エル、ここにいたのね！　あんまり外に出ないようにと言われてしまったし、わたし暇で暇で仕方がないの！　一緒に何かしましょうよ」

姉様は本当に暇を持て余しているらしく、まくしたてるようにそう言った。

おかげで兄様の意識が逸れて、俺から視線が外れる。

「セイ、エルになんとか言ってよ。エルったらこんなところで何してたと思う？」

安心したのも束の間、なんと、兄様はまだ諦めていなかったらしい。

姉様は俺たちのいる場所を見回したあと、何かに気付いたような顔をした。

「もしかしてエル、どこかへ行こうとしてたのかしら？」

俺がだんまりしていると……

「そうに決まってるよ。全く、今の状況を分かってるの？　ほら、セイも――」

「わたしも連れていってよ！」

「え」

兄様はぽかんと口を開けて、予想外という顔をしていた。

「ちょうど暇してたし、エルが一緒なら楽しいに違いないもの！」

姉様の目は好奇心に満ち満ちていて、とても諦めてくれるとは思えなかった。

対して状況を理解したらしい兄様の目は、見咎めるような、ジトッとした……ラディアと似たような目をしている。

「……父様と母様には絶対に内緒だからね」

俺がそう念を押すと、姉様はすぐに、兄様は少し間を置いたあとこくりと頷いた。

「もう少し知りたいことがあって、もう一度共和国へ行こうとしてたんだ」

兄様の視線が鋭さを増したような気がするが、とりあえず話を続ける。

「魔術のこととか、魔道具のこととか……父様が陛下にかけ合ってみるって言ってたけど、実際に共和国とこのことを相談するまでには、きっととてつもない時間がかかると思うんだ。でも脅威は待ってはくれないし、こうしてる間にも魔力異常は発生して、沢山の被害が出てる。とても国と国が手を取り合うまで待ってはいられない」

姉様はきらきらと輝く目を隠そうともせずに、俺の話を聞いている。

「こんな風に思ってたんだけど。本当に一緒に行く気？」

「ええ、もちろん」

姉様は俺の問いかけに即答した。

兄様の顔をうかがう。姉様とは違い、なんとも言えない顔をして唇を引き結んでいる。

しかし、姉様は早く行かないのか、とでも言いたげなそわそわした様子だ。

もう話してしまったし、あとには引けない。

「《転移ゲート》」

そう言いながら、空間魔法を発動する。

少し魔力が乱れているとはいえ、魔法の発動に問題はなさそうだ。

最初に俺が、次に姉様がゲートをくぐった。しかし兄様がなかなかやってこない。

「兄様？」

俺がそう呼ぶと、兄様は少し迷ったあと、ゲートを通った。

役目を終えたゲートが閉じる。兄様はまだなんとも言えない感じの顔をしていた。

少し場所がずれたらしく、俺たちが出たのは町の外れだった。

明るい色の建物が立ち並んでいる。

姉さまは興奮した様子で水路や町並みを見ていた。

「ねぇ、エル、兄様、すごいわ！　共和国ってこんななのね、王国と全然違うわ！」

姉様ははしゃいだ様子で、心底楽しそうに言った。

姉様に手を引かれるままに町の中を歩いていく。

やっぱり共和国の町並みは美しい。綺麗なものが好きな姉様がはしゃぐのもよく分かる。

「……ねぇ、二人とも」

少し後ろを歩いていた兄様の声が聞こえて、俺たちは歩みを止めた。

振り返ると、兄様は真剣な顔で、少し俯《うつむ》いている。

どうしたのか、と問いかける前に、兄様が話し出した。

「やっぱりこんなことだめだよ。学校もお祭りも中止になってるようなときに、共和国まで来るなんて……」

兄様は俺たちの反応を見ているのか、おずおずとそう言った。

姉様の手が俺からすっと離れる。

はっとして姉様のほうを見たときにはもう俺の隣にはおらず、一歩前に出ていた。

「兄様は分かってないわ、エルは何かしたくて頑張ってるのよ！　危険だとかどうこう言ってる場合じゃないでしょ！　それにわたしたちは魔法が使えるわ、多少魔物に出くわしたところで――」

「でも！　父様や母様も言ってたじゃないか、今外に出るのは危ないって！」

兄様は負けじと姉様に言い返した。

こんなこと初めてで、割って入るべきなのか、そうでないのか迷っておろおろしてしまう。

多少からかい合うことはあっても、思い返してみれば、今まで本気の兄弟喧嘩なんて、一度もしたことがなかった。

兄様と姉様は睨み合っている。

「危険って言ったって、少し魔力が安定しないぐらいでしょ？　学校もお祭りも、中止になったのは念のためだわ。そこまで危険じゃないわ！」

姉様が少し声を荒《あら》らげて、腕を組みながらそう言った。兄様が不満げに眉根を寄せる。

「少しでも危険は危険だろ！　セイは分かってないんだ！　父様も――」

「何よさっきから、父様母様って！　親に頼らないと決断もできないわけ？」

姉様が苛立ちを露《あら》わにした、尖った声でそう言った。

今の姉様の発言は一線を越えている。俺は慌てて二人に駆け寄って口を開いた。

「二人とも、落ち着いて――」

「エルは黙っててよ！」

くるりと振り返った二人にすごい剣幕で怒鳴られ、言葉を続けるにも続けられなくなってしまう。

兄様は姉様を睨んだまま、グッと歯を食いしばって震えている。

姉様はつんと顔を上げ、口をへの字形に曲げていた。

「……もういいよ、エルとセイのバカ！」

兄様はそう言い残すと、忽然《こつぜん》と姿を消した。

よく聞き取れなかったが、ぼそりと何か呟いたのは、転移魔法の詠唱だったのかもしれない。

引き止める暇もなかった。

「……行っちゃった」

呆然としたままに俺はそう呟く。

姉様のほうをうかがう。姉様はまだ怒り冷めやらぬ様子で、腕を組んで肩をいからせている。

「兄様なんて放っておきましょ！　わたしたち二人で調べればいいわ」

姉様は心底忌々《いまいま》しげな顔でそう言いきった。

姉様の言い分には賛同できないが、ここまで来ておいて帰るのも気が引けた。

確かに俺も、兄様は心配しすぎだとも思う。

俺たちが帰る頃には、きっと兄様と姉様の怒りも落ち着いているだろう。そう願いたい。

「分かった。じゃあ行こう」

兄様の言ったことはもちろん正論だ。

でも姉様の言うとおり、今は大規模な魔力異常が起きているわけでもないし、十分に注意を払っていれば問題ないだろう。気をつけていれば大丈夫だ。

そう思いながら町の中心へ移動していると、建物の向こうで、赤毛のポニーテールが揺れるのが見えた。

「あら、あの人、大会に参加してた人じゃない？」

姉様がそう言う。

その瞬間、コランが猛スピードでダッシュし始めた。慌てて手を伸ばすももう遅い。

「あ、おい待てってば！　コラン！」

俺も負けじと猛ダッシュして。なんとかコランに追いつく。

しかしコランを抱き留めようとして、躱されてしまった。

『キューッ！』

「わっ！」

セリナさんは道を普通に歩いていたのだが、コランが足にタックルしたせいで、バランスを崩して危うく転びそうになった。

セリナさんは地面からコランを抱き上げると、目を丸くした。

「サフィロス、どうしたのこんなところで！　あなたはエル君のところにいるはずじゃ……」

そこまで言って、セリナさんは俺たちの存在に気が付いたようだった。

「コラン、急に走り出したらだめじゃないか！」

俺は抱かれているコランに向かって注意する。

セリナさんは、ますます驚いたような表情をしたあと、にっこりと笑みを浮かべた。

「エル君！　それにあなたも王国で会ったわね。案外早い再会だったね」

「うん、本当に。すごく早かった」

「こんにちは……」

セリナさんと俺と姉様は顔を見合わせ、挨拶を交わす。

あんなにきっちりと別れの言葉を告げたのに、たったの一日で再会してしまって、少しばかり気まずい。

セリナさんはしばらくコランのモフモフを堪能していたが、しばらくすると撫でるのをやめた。

コランは俺の肩に飛び移ってきた。

「そういえば、こんなところで何してるの？　君たちは王国にいたはずでしょ？」

「ちょっと用があって、転移魔法で共和国まで来たんだ。セリナさんは？」

話題作りのために聞いただけだったが、どうやらあまり聞かれたくなかったのかもしれない。

セリナさんは曖昧《あいまい》な笑みを浮かべている。

「人を捜してるんだ」

誰を捜しているのか気にならないわけではなかったが、聞くのはやめておいた。

「いい名前だね」

「え？」

「この子のこと」

セリナさんは俺の肩にいるコランを示した。

「コランって、呼びやすくて可愛い名前ね。それに、その子も気に入ってるみたい」

コランは肩の上でもぞもぞと身動きしていたが、結局鳴かなかった。

「さて、君たちも用事があったんだよね。あんまり引き止めちゃ悪いし、わたしはもう行くわ」

「分かった。捜してる人、早く見つかるといいね」

俺がそう言うと、セリナさんは寂しげに笑った。


セリナさんと別れてから、俺と姉様はあてもなく共和国の町をぶらぶらと彷徨っていた。

けれど、そう簡単に手がかりが見つかるわけもなく、俺たちは町のど真ん中で、すっかり途方に暮れていた。

「やっぱり、そう簡単にはいかないかぁ……」

魔術も魔道具も、そう道端にあるものではないらしい。

町の人々が魔術を使っている様子はないし、ましてや魔道具らしきものも見当たらない。

なんとなく共和国に行けば情報が見つかるような気でいたが、俺の見込みは甘かったということだ。

「兄様もいないし、そろそろ帰りますか……」

ぽつりとそう零すと、姉様がきっと眉を吊り上げた。

「何言ってるのよ、何か見つけて兄様に後悔させてやりましょう！」

姉様が声を張り上げてそう言うので、間近で聞いていた俺はたまったものじゃなかった。

何事かと思ったのか、町の人たちが数人振り返ったが、すぐに通り過ぎていく。

「そうは言っても、このまま闇雲《やみくも》に探したところで、同じ結果になるとしか思えないよ……」

俺がそう言うと、姉様はますます眉を吊り上げて、頬を紅潮《こうちょう》させた。

握りしめた手がぷるぷると震えている。

直球に言いすぎたかもしれない。そう思って訂正を入れようとするも、もう遅かった。

姉様がくるりと後ろを向き、栗色の髪が揺れる。

「……もういいわ！　皆知らないんだから！」

姉様はそう言い捨てると、思いきり走り出した。

引き止めようと手を伸ばすも、ちょうど人が通りかかったせいで、一歩出遅れる。

その間に、姉様は人混みと建物の向こうに消えてしまった。

「姉様！　待ってよ！」

そう呼んだ声に返事はなかった。

◇◇◇

「茶色い髪をした、身なりのいい女の子を見ませんでしたか？」

「う〜ん……すまないね、見なかったと思う」

通行人のおじさんは少しの間考えたあと、結局首を横に振った。

その後も何回か通行人を捕まえては同じ質問を繰り返したが、結果は同じだった。

姉様は今、どこで何をしているのだろう。

魔物に襲われたり、誰かに攫《さら》われたりしていないだろうか。

身に着けているのは普段着で、目立った装飾は少ないとはいえ、それでも見る人が見れば、いい生地《きじ》だと分かるはずだ。

詳しい身分までは分からずとも、身なりのいい子供は攫われやすい。

加えて姉様は、身内のひいき目なしに見ても、顔立ちが整っている。

誘拐《ゆうかい》や人攫いにあったとしてもなんらおかしくはなかった。

「どうしよう、俺がこんなところにつれてきたから……」

しっかり者の姉様のことだ。

そう簡単に攫われたりはしないと願いたいが――まだ幼い女の子なのだ、やっぱり最悪のケースも十分あり得る。

恐怖からか、心配からか、全身から熱が失われていく。

「俺のせいだ。本当にどうしよう……」

「エル君？」

名前を呼ばれて振り返ると、昨日共和国で出会った『魔術師』の少年、ディノがいた。

赤茶色の髪を見て一瞬セリナさんが戻ってきたのかと思ったが、彼女の髪はもっと鮮やかな緋色だ。同系色だから見間違えた。

「そんな顔してどうしたんだ?」

黙ったままの俺を不審に思ったのか、ディノは心配そうに言った。

「実は……姉様、ええと、姉とはぐれちゃって、捜してるんだけどなかなか見つからなくて、どんどん心配になってきて……」

話しているうちに尻すぼみになっていったが、ディノは俺の気持ちをしっかりと汲み取ったらしかった。

頷いたあと、何やら考えている。

「お姉さんはどっちの方向へ行ったか分かる?」

「多分あっちのほうだと思うけど……」

「そっちの方向だと、もしかして町を出て森のほうへ行ったかもしれないな。とにかく早く行こう」

ディノが走り始めたので、慌ててついていく。

俺がついていけるように、大分速度を落としてくれているようだったが、それでも体の小さな俺は全力で走る必要があった。

しばらく移動すると建物は少なくなり、ディノの言ったとおり、森へ出た。

木の本数はそこまでではないが、葉が密集するタイプの種類なのか、日光が遮られて森の中は薄暗い。加えて背の高い草が多く、かなり見通しが悪かった。

姉様はこの中に入っていったのだろうか。

「そこまで心配しなくてもきっと大丈夫だ。幸い、町に近いこの森にはほとんど魔物がいないから」

俺が相当心配そうな顔をしていたのか、ディノはそうフォローしてくれた。

ほとんど魔物がいない、という言葉を聞いて、少しだけ緊張が和らいだ。

「ひとまず手分けして捜そう。俺は奥のほうを捜してくるから、エル君は手前を捜してて。あんまり奥のほうには行かないようにしろよ」

ディノはそう言うと、背の高い草をかき分けて奥に行った。

生い茂る草木に隠されて、その姿はすぐに見えなくなった。

躊躇っている暇はない。早く俺も姉様を捜さないと。

「姉様ー！」

声を張り上げてそう呼ぶが、帰ってくる返事はない。

当たり前ながらそう簡単には見つからない。

繰り返し姉様を呼びながら、ガサガサと森の中を歩き回る。

イネ科の草がすねに当たって少し痛かったが、仕方がない。

もし葉っぱで切っていたら、あとで手当すればいいだけの話だ。

「姉様ー！　どこにいるんですかー！」

森から帰ってくるのはやっぱり静寂だけだった。

時折、風に揺れて木々がざわざわと音を立てる。

草の根をかき分けるようにして、姉様の姿を捜す。

草の影や木の幹《みき》の後ろから、ぴょこんと毛先の跳《は》ねた茶髪が覗いていたりはしないだろうか。

赤いスカートの裾が見えていたりはしないだろうか。

そのとき、どこからかすすり泣くような声が聞こえた気がした。

もしかして姉様かもしれない。まさか泣いているのだろうか。

ますます声を張り上げて、必死で辺りを歩き回って姉様を捜す。

気が急いているせいか、声が怒っているみたいになる。

「姉様！　姉様ったら！」

「……エル？」

小さく俺を呼ぶ声が聞こえて辺りを見回す。

姉さまは大木の根元にうずくまるようにして座っていた。

ホッとして気を緩めた瞬間、大木の側にあった茂みが大きく揺れた。

俺たちの声を聞きつけてディノがやってきたのかと思ったが、そんな呑気な考えは一瞬でかき消された。

『グルル――』

口から涎《よだれ》を垂らした褐色《かっしょく》の毛の巨大な狼《おおかみ》が、うなり声を上げて茂みから這い出てくる。

姉様は突然のことに反応できないでいるのか、それとも恐怖にすくんでいるのか、振り向いたっきり、固まってしまった。

「《アクアバレット》!!」

間に合え間に合え間に合え!

そんな心の叫びを込めて水の弾丸を放つ。狼の鋭い牙はすぐそこまで迫っている。

水の弾丸が届くのが先か、狼が牙を突き立てるのが先か――

一瞬が数十秒にも感じられたとき、スッと何かが姉様と狼との間に滑りこんだ。

それは重さを感じさせない、ひらりとした動きで剣を横に薙いだ。

狼は一歩、二歩と後ろによろめいたあと、ドサッという音を立てて地面に倒れ込んだ。

「っ、あっぶな！」

息を詰めていたのか、ディノはプハッと息を吐きだしてから、そう言った。

額の汗を拭《ぬぐ》うような動きをしているが、少しも汗は滲んでいないように見える。

「ディノ！」

俺が名前を呼ぶと、ディノは昨日会ったときと同じように、ニカッと笑った。

そこには、冷淡な目つきで魔物を見据えていた、よく練れた戦士のような雰囲気はどこにもなかった。ただの人のよさそうな少年に戻っていた。

ディノは剣を軽く振ったあと、流れるような動きで鞘《さや》に収めた。

「姉様、大丈夫⁉」

「え、ええ。怪我はないわ。す、すごくびっくりしたけど……」

姉様は弱々しい声でそう言った。

本当に怪我はないようで、ひとまずホッとする。

それでもまだ、足が少し震えている。当たり前だ。

「無事でよかった……」

俺がそう言うと、姉様はぎゅっとスカートを握りしめて俯いた。

「ごめんなさい、エル。急に飛び出したりなんかして、きっと心配かけたわよね」

姉様は俯いたまま、消え入りそうな声でそう言った。

「確かに心配はしたけど、今は安心して、怒る気にはなれないよ」

そう言ったら、姉様は俺の様子をうかがうように、僅かに顔を上げた。

俺が笑いかけると、姉様も少しだけ表情を緩めた。

「間に合ってよかった。あと少し走り出すのが遅かったら危なかった」

会話の切れ目に合わせて、ディノがおどけたようにそう言った。

「本当にありがとう、ディノ！　あ、そうだ、流れ弾とか当たってない？　俺さっき魔法撃ったんだけど」

「大丈夫大丈夫、俺は怪我一つないよ」

ディノはくるりとその場で一回転したあと、「ほらね」と言った。

その動きに合わせて、腰に下げている剣が揺れる。

尋常じゃない威力、やっぱり魔道具のおかげなんだろうか。それともディノの実力？

「ねぇ、エル、ところでこの人は？」

考え事をしていると、姉様がそう耳打ちしてきた。

そういえば、まだ姉様にディノを紹介していなかった。

いけない、このままではディノが不審者になってしまう。

「昨日知り合った人で……」

「俺は魔術師のディノ」

俺が説明しようとした途端、ディノが横からそう答えた。

どうやら会話が聞こえていたらしい。

姉様は聞こえていたと思わなかったのか、驚いたように俺から身を離した。

ぴょいと飛びのくようにしたのが面白かったのか、ディノは楽しそうに笑った。

「ところでこの剣がどうかした？　さっきからずっと見てるけど」

ディノはひとしきり笑ってから、腰の剣に手をやった。

しまった、ジッと見すぎた。

もうバレたあとなのだから仕方ない。俺は開き直って、直接聞いてみることにした。

「それ、昨日魔道具だって言ってたよね」

「ああ、そうだよ」

ディノはなんでもないようにサラッと答えた。

そこで、俺の横に立っていた姉様の目がキラッと輝くのが見えた。

「ねぇ、わたしたちそれについて知りたいの！」

ね、姉様――！

俺は心の中でそう叫ばざるを得なかった。図々《ずうずう》しいかなとか、詮索《せんさく》すると嫌がられるかなとか考えてたのに、姉様にはそんなの無意味らしい。

自分の興味一直線である。

ディノは少しの間きょとんとしていたが、すぐに笑顔に戻った。

「いいよ。場所を変えよう」

ディノがそう言うと、姉様の目の輝きがますます強くなったような気がした。

◇　◇　◇

ディノに連れられて、俺たちは町外れの寂れたカフェに来ている。

丸いテーブルを囲むようにして座った俺たちは、はたから見れば、兄弟のようにも見えるかもしれない。ディノがもう少し大人だったら、誘拐犯に見える可能性もある。

こういうときに子供の姿だと不便だ。

「マスター、レモネード二つ」

「お前さんは？」

「俺はいつもの」

どうやらディノはこの店の常連らしい。

奥にいた髭の生えたダンディなおじさんに、慣れた様子で注文を告げる。

しばらくすると、注文どおりのレモネード二つと、コーヒーらしきものが運ばれてきた。

それぞれ俺と姉様、ディノの前に置かれる。

レモネードにはレモンの薄切りが一枚だけ入っていた。

本当に薄い。薄さの限界に挑戦しているのかというレベルだ。

そしてディノの前に置かれたコーヒーらしき飲み物は、やっぱりコーヒーのように見える。

漂ってくる香ばしい香りもコーヒーのものだ。この世界にコーヒーがあったとは知らなかった。

とりあえずレモネードに口をつけてみる。

「……薄っ」

思わずそう言ってしまって、慌ててディノを見る。

どうやら聞こえていなかったようで安心する。

このレモネード、思わず本音が漏れてしまうぐらい薄味だ。

極限薄切りレモンといい、極端に薄い味といい、どうやらこの店は節約志向らしい……

「何が聞きたい？」

ディノが出し抜けにそう聞いた。

ちびちびと飲んでいた極薄レモネードのグラスを口元から離す。

「ええと……」

「その剣の仕組みについて知りたいわ！」

俺が言《い》い淀《よど》んだ隙に、姉様がすかさずそう言った。

この調子では、俺がちょっとでも言葉に詰まったり考えたりしてる間に、姉様がどんどん質問していきそうだ。

俺はもう諦めて、聞き役に徹《てっ》することにした。

「俺の剣の仕組み？」

聞き返すディノに、姉様はこくこくと数回頷いた。

「王国にも魔道具自体はあるわ。でも、あなたの剣の威力は王国のよりずっとすさまじいし、魔力異常の中でも使えるんですってね」

「よく知ってるな」

「エルから聞いたの」

「そうだなぁ。知ってのとおり、この剣は魔道具なわけだけど」

ディノは話しながら腰から剣を取り外し、テーブルの上に置いた。

見ただけでは、普通の剣と見分けがつかない。

ディノはそれを見ながら説明を始めた。

しかし、率直に言うと、その説明はひどいものだった。

グッだの、ボンだの、ズババーンだの、わけが分からないのである。

分かりやすい例えをすると、エルフの里のリーベルさんと同レベルか、それ以上にひどい。類を見ない意味不明さだった。けれどせっかく懇切《こんせつ》丁寧に説明してくれているのだから、聞き流すわけにもいかず、懸命に耳を傾ける。

俺は話し手の説明の真剣さと、聞き手の理解度が比例しないことを学んだ。

そのとき、こちらへツカツカとやってくる人影が見えた。

そのシルエットには、頭部分に不自然な出っ張りがある。アイレットだ。

彼女は説明に夢中になっているディノの背後にやってくると、ぽんと肩に手を置いた。

ディノが椅子から小さく飛び上がる。

「ディーノー？　小さな子供二人引き連れて、こんなところで何をやってるのかしら？」

アイレットはわざとらしい笑みを浮かべてそう言った。ディノが慌てて振り向く。

腕を組んでいかにも怒ってますよというポーズを取っているのに、顔だけにっこりとしているのが怖かった。しかも、目が笑っていない。

本気で怒っているときの母様に少し似ていて、俺まで縮み上がってしまう。

「誘拐の真似事？　巡回《じゅんかい》はどうしたの？」

刺々しい声でそう言われ、ディノは苦笑した。

「アイレット先輩。ちょっとこの子たちの質問に答えてるだけだよ」

「ふぅん？」

アイレットはまだ疑わしげな目をしている。

「あれ、エルじゃないの。また来たの？」

「こ、こんにちは」

ふと俺に目を止めた彼女に、詰まりながらも挨拶を返す。

「エルの知り合い？」

「そうだよ。昨日ちょっと」

姉様とひそひそとそう言っていると、アイレットにも聞こえていたのか、彼女はクスクスと笑った。

「ところであなたは？」

「わたしはセイリンゼ。エルの姉よ」

「そっか、それでなんだか似てるのね」

アイレットは合点がいったという風に、ぽんと手を打った。

「あたしはアイレット。よろしくね」

アイレットは猫耳を揺らし、にこりと笑うとそう言った。

今度は目が笑っていて、可愛らしい笑みだった。

「ところで、質問ってなんの質問？」

「これについてだよ」

アイレットの質問に姉様が答えるより先に、ディノがテーブルの上の剣を指し示した。

「これ、って……ただの剣じゃないの」

「違う違う、魔道具についてだよ」

「魔道具？」

意外だったのか、アイレットはディノの言葉をきょとんとした顔で繰り返した。

「魔道具について知りたいなんて珍しいね。大半の人は使うばっかで興味ないのに。いいことね」

「アイレット先輩は魔道具に詳しいんだ。きっと上手く説明してくれるだろ……俺よりも」

自分でも説明が下手なのに気付いていたのだろうか。

嬉しそうに微笑むアイレットの横で、ディノはぼそりとそう呟いた。

「そうね、ディノは説明ド下手だもん」

「ド、ド下手……」

「ドが付くわね、間違いなく」

アイレットは容赦なくそう言った。

「マスター、追加でレモネード一つ」

ディノが飲み物を追加注文すると、奥のカウンターでマスターが頷くのが見えた。

「ちょっと借りるよ」

アイレットはそう断ると、机に置かれていた剣を取り上げた。

鞘に収めたままのそれを、彼女はしげしげと眺めている。

俺にはなんの変哲もない剣に見えるが、彼女には何か別のものが見えているのだろうか。それとも、鞘の中に隠されている剣身に秘密があるのだろうか。

レモネードがテーブルに届けられ、アイレットは律儀《りちぎ》にお礼を言った。

そして店員が去っていくと、アイレットはいよいよ鞘に手をかけた。

鞘が取り去られ、すらりと光を反射する、鋭い剣身が露わになる。

「なるほどね」

アイレットはぽつりとそう零したが、やっぱり俺には普通の剣にしか見えなかった。

何が『なるほど』なのか、次の言葉を姉様と一緒に待つ。

その剣身をじっくりと見たあと、アイレットはやっと顔を上げた。

「どこから話そうかな――そうね、まず魔道具ってのは、物に魔術を刻み込んだものなんだけど」

アイレットが話し始め、俺と姉様が同時に頷く。

魔法が魔術であること以外、王国の魔道具との差はないらしい。

やはり魔法でなく魔術を刻み込むことにより、魔力異常の中での使用を可能にしているのだろうか。

「これは相当な高級品だから、何層かに分けて魔術が刻まれてるみたい……こんなのどこで手に入れたのかしら――」

「何層かに？」

興味が先走って、最後の話を遮ってしまう。

魔道具に複数の効果を与えるというのは聞いたことがあるが、何層かに分けて、というのは聞いたことがない。一体どういうことなのだろうか。

「うん。ただ重複してかけるんじゃなく、構成を考えてかけるの。家を建てるのに例えると、分かりやすいわ。まず土台になる魔術式――この剣だったら、剣の性質を増幅させるような魔術を施す。次に柱、これは三つ以上かけることが多くて、メジャーなのは補強・強化・特別効果。この剣もそうね。本体の剛性《ごうせい》を高めて補強、次に剣の性質である切れ味を強化、最後に特別効果で風属性を付与してある。いかにもスパスパ切れそうな剣ね」

やっぱり共和国は魔術だけでなく、その使い方についてもかなり進歩しているようだ。魔法でそれをやったとしても、きっと高い効果が得られるに違いない。そう思った。

アイレットは心底楽しそうに、嬉々《きき》として魔道具について語っている。剣を見る目になんだか怖いものを感じた。あれはマニアの目だ。

「ねぇ、最後は？　土台と柱があったなら、屋根があるはずでしょ？」

姉様が待ちきれないといった風にそう言った。

「鋭いね。最後は魔術式を定着させる魔術式を施すの。屋根っていうより蓋《ふた》ね。これで切れ味抜群、魔力異常に強い、長持ち魔道具の完成よ！」

アイレットは高々と抜き身の剣を掲げ、興奮を抑えきれない様子でそう言った。

ディノは呆れたような目でアイレットを見ている。

そんなディノと目が合うと、アイレットは剣を下げ、さっさと鞘に収めた。

「コホン、そういうわけなので、魔道具とはすごい技術なのです」

アイレットは突然かしこまって、そう締めくくった。

「ところで先輩、何か忘れてない？」

「何か？　……あっ！　巡回！」

アイレットはガタンと音を立てて椅子から立ち上がった。

その拍子にテーブルが揺れて、危うくグラスが倒れそうになる。

「何ボケッとした顔してんの、あんたも行くのよ、ディノ！」

アイレットはディノの腕をぐいっと強引に引っ張った。

ディノは慌てた様子で財布を取り出し、アイレットの眼前に突き付けた。

「分かったけど、会計！　無銭飲食になるだろ！」

ディノはなんとか会計を済ませると、アイレットに引きずられて巡回へと向かった。

成り行きでおごられてしまった。

「……お礼、言いそびれちゃったね」

「……仕方ないわ、また会う機会があったら言いましょ」

俺と姉様の二人は、あっけに取られてその様子を眺めていた。

6

行きと同じく、魔法で玄関へと転移する。

玄関には誰もおらず、屋敷が騒ぎになっているということもなさそうだ。

兄様は告げ口をしないでおいてくれたらしい。

ひとまずホッと胸を撫で下ろす。

「何もかもが上手くいったわね！」

「何もかも、はちょっとどうかな……」

俺がそう言うと、姉様はムッとした顔をした。

「何が言いたいのよ」

「兄様と喧嘩しちゃったでしょ」

俺がそういうと、姉様は一瞬だけハッと気が付いたような顔をした。

けれど、すぐに不機嫌そうなへの字口になる。

「兄様なんて知ったこっちゃないわ！」

「いやでも、兄様の言うことも正しくはあったし……」

俺がそう言うと、姉様がぴくりと片眉を吊り上げる。

「それに、ずっと喧嘩したままっていうのも後味が悪いよ」

心なしか、空気が張り詰めているように感じる。

姉様がぐっと拳を握りしめたのが見えた。あっ、と思ったときにはもう遅かった。

姉様はキッと目を吊り上げている。

ゆるくウエーブがかかった髪が、逆立っているような錯覚を覚える。

「エルまでそんなことを言うのね。もういいわ、とにかくわたしは、兄様と仲直りする気はないから！」

姉様が身を翻したかと思うと、次の瞬間には玄関の扉が開け放たれていた。

大きな扉なので、子供の力で開けるには少しばかり苦労するはずなのだが、怒りに任せて思いきり力を込めたのだろう。

バタンッという音を立てて、扉が閉まったあとに残ったのは、静寂とその場に立ち尽くしている俺だけだった。

足が固まってしまったように、動かなかった。

どうやら俺は相当動揺しているらしい、などと冷静な俺が分析している。

そのとき、バタバタという音が聞こえてきた。

やってきたのは焦った顔のラディアだ。

ラディアは玄関全体を見回したあと、固まったままの俺に視線を止めた。

「エル様、ずっとこちらにいらしたのですか？　今の音は？」

「と、扉が閉まった音だよ」

動揺していたせいか、喋り出しがつっかえたようになる。ラディアが表情を変える。

「体調がすぐれないのですか？　顔色がお悪いようですが」

「体は問題ないんだ。ちょっと疲れただけ」

ラディアは俺を疑っているのか、しばらくの間俺をしげしげと眺めていたが、ふと何かを思い出したようにその視線を上げた。

「あら、そういえばセイリンゼ様は？　てっきりエル様と遊んでいらっしゃるのだと思ったのですが」

心臓が飛びはねた。

当然ラディアは事の顛末《てんまつ》を知らないから、ふとなんでもないように口にしただけだ。

素直に言うべきか、言わないでおくべきか。

しかし素直に話した場合、俺たちが共和国へ行っていたことまでバレてしまうかもしれない。

とはいえ、俺は嘘を吐くのはあまり得意じゃない。

「姉様はちょっと外で遊んでくるって言ってたよ」

少し迷ったあと、そう告げる。

「まぁ。お帰りになったら、出かける前には一言伝えるよう注意しなければなりませんね。けれどもうすぐ食事の時間ですし、直《じき》にお戻りになられるでしょう」

鋭いラディアも、今回は不審に思わなかったようだ。

内心胸を撫で下ろしつつ、仕事に戻るラディアの後ろ姿を見送る。

どうやら掃除の途中だったらしく、メイド服の裾に小さな汚れがついていた。

兄様を捜そうとも思ったが、やめた。

ラディアがもうじき夕食だと言っていたし、捜さずとも顔を合わせることになるだろう。

姉様もラディアの言うとおり、それまでには戻ってくるだろう。

喧嘩している俺たちが顔を合わせたとき、一体どんな空気が流れるのか。

俺は想像しながら身震いをした。

◇◇◇

夕食の時間は案外すぐにやってきた。

姉様はきちんと時間までに帰ってきたが、土で服が汚れていたため、ラディアに着替えへと連行されていった。共和国で木の根元にしゃがみ込んでいたときのものだろう。

そういうわけで姉様だけ席に着くのが遅れているのだが、三人が出揃わずとも、既に気まずい空気が漂っていた。

我が家では、食事のときに座る席は決まっていない。各々好きな席に座るようになっている。

ご飯を食べるテーブルは長方形で、片方の辺に二つ、もう片方の辺に三つの椅子が並んでいる。

座る場所が決まっていないとはいえ、二つのほうに母様と父様が、三つのほうに俺たち兄弟が座ることが多かった。

今回も母様と父様は二つ並んでいるほうに座り、兄様は三つあるほうの、入り口から見て一番奥の席に座っていた。

そして俺は、あとから姉様が来ることを考え、兄様の隣に座った。

「に、兄様……？」

隣に座っている人物に、おそるおそる声をかける。

兄様はこちらを向いたかと思うと、ぷいっとそっぽを向いて、あからさまに俺を無視した。

予想はしていたが、思いきりへそを曲げているようだ。こりゃ時間がかかるぞ。重症だ。

ブラコン兄との史上初の大喧嘩だ。

同じく食事の席に着いている父様と母様は、不可解そうに俺たちの様子を見つめていたが、ひとまず黙って見守ることにしたのか、何も言わなかった。

ほどなくして足音が聞こえてきて、姉様とラディアが顔を出した。

「セイリンゼ様、手はきちんと洗いましたね？」

「分かってるわよ、ちゃんと洗ったわ」

ラディアに連れられてやってきた姉様は、まだむっつりとした顔をしていたが、玄関を飛び出していったときよりはずっとましに見えた。

姉様が、今残っている席、つまり俺の隣に座る。

その瞬間、急激に空気が張り詰めたような気がした。

どうやら姉様が座ったときに、反射的にそちらを向いた兄様と、姉様の視線がかち合ってしまったようだ。

「「……」」

両者はしかめっ面で無言の睨み合いを続けている。

間にいる俺はというと、当然たまったものではない。

しかし兄様と姉様は、俺のことなど眼中にないといった風に、険悪な空気を発し続けている。

経緯を知らなかったら目を疑う光景だ。

「エ、エル、一体何があったんだ？」

父様が耐えかねたように、そう言った。

太めの眉が不安げに寄せられている。

「あなた、子供同士のことよ。あまり口を出さないの。私たちの子なんだから、きっと上手くやるわ」

俺が答えあぐねていると、母様がそう父様に耳打ちする声が聞こえてきた。

父様はなんとも言えない顔で、もごもごと口を動かしていたが、結局黙り込んだ。

母様の『きっと上手くやる』という言葉を俺も信じたい。

けれどどうしても不安が湧き上がってくる。

そのうち仲直りできるはずだとは分かっていたが、やっぱり心のどこかに『本当かなぁ』と疑う気持ちがある。

「皆様方、食事が冷めてしまいます。考え事はお食事のあとになさっては？」

険悪なムードを振り払うように、ラディアが普段より大きな声でそう言った。

俺たちはその言葉を聞いて、慌ててカトラリーを手に取った。

◇◇◇

共和国へ行って、俺たちが大喧嘩をした翌日も、やっぱり魔力の微弱な乱れは続いていた。

外ではしとしとと雨が降り続いている。

小雨ではあるが、空はどんよりとした灰色だし、空気もじめっとしている。

これでは気も滅入るというものだ。

本来なら、今日は創神祝日の最終日であり、夜には俺の誕生祝いが行われる予定だった。

けれど、魔力異常のせいで何もかも台無しだ。

実のところ、俺は特別、創神祝日を楽しみにしていたわけでも、誕生祝いを心待ちにしていたわけでもない。

けれど、家族たちが楽しそうにしたり、喜んだりしているところを見るのは、とても嬉しい。

その機会が失われたとあらば、悲しくもなるだろう。

それに今日、予定どおりイベントが行われていたのなら、兄様と姉様もどさくさに紛れていつの間にか仲直りできたかもしれないのに。

いや、予定どおりだったなら、そもそも喧嘩することもなかったか……

窓の外を見ながら考え事にふけっていると、下の階からガタンッという音が聞こえてきた。

続いてバサバサガタガタと何やら騒がしい音が響いてくる。

一体何事だろうか。

確か俺の部屋の下は――父様の執務室だったはずだ。

「……何かあったのかな」

なんとなくそっと音を立てないよう扉を開閉して、一階へと向かう。

隠密《おんみつ》じみた行動も染み付いてきてしまった。

執務室へ向かうまでもなく、父様の姿は見つかった。

父様は乱暴に上着を羽織りながら誰かを捜している様子だ。

手にはノートの端を乱暴に破り取ったような紙片が握られている。

「父様？　何かあったの？」

父様は周りが見えていなかったのか、俺を見ると少々驚いた顔をした。

しかしすぐに真面目な表情に戻る。

「少し外を見てくる。アーネヴィに……母様に言っておいてくれ。頼んだぞ」

父様は一方的にそう告げるなり、玄関を飛び出ていった。

外は雨だというのに、傘も何も持っていなかった。

俺はしばらくの間あっけに取られて立ち尽くしていたが、すぐに頼まれたことを思い出した。

父様を追いかけて問いただしたい気持ちがないわけではなかったが、今は頼まれたことをこなすのが先決だ。

「あら、エル。そんなに急いでどうしたの」

母様は珍しく厨房《ちゅうぼう》に立ってクッキーを作っていた。

ラディアがすっかり恐縮しているが、母様は止まらない。

母様は突発的にお菓子作りをしたがることがあった。

そういうときはたいてい何かが起こったあとだ。

「父様が、少し外を見てくるって……伝えてくれって頼まれた。母様は何か知ってる？」

「雨が降っているのに？　何か急ぎの用事かしら」

どうやら母様は何も知らないようだ。今回は、本当にただお菓子を作りたかっただけか。

「それにしても、今日は空が灰色ね。全部がくすんで見えるみたい。見通しも足元も悪いし、父様、転んだりしないといいけれど」

母様は本気で心配しているのか、冗談なのか、判別がつかないような声色でそう言った。

そしてポンポンとクッキー生地を型で抜いてしまうと、それをトレイに並べた。今から焼くのだろう。

母様と話したあと、俺はなんとなく外に出てみた。

父様を追いかけるつもりはなかったし、雨に濡れないよう玄関の屋根の下にいる。

母様の言うとおり視界が悪く、曇り空のせいで世界がくすんで見えるような気がした。

そのとき、ふと気が付いた。西の空に何か……霧のような、雨のせいでぼやけてよく見えないが、何かが見える。

それは雨の中で薄ぼんやりと光っている。

よくよく目を凝らして見てみると、どうやらそれは球体であるようだ。

それが気になって眺めていると、ほどなくして雨の向こうから父様が帰ってくるのが見えた。走って戻ってきたのか、肩で息をしている。服はすっかりずぶ濡れになっていた。

「こんなところにいたのか。風邪を引く前に中へ入りなさい」

父様は優しく諭《さと》すようにそう言った。

促されるままに中へ入ろうとするが、あの謎の球体と、父様の不可解な言動が気になって足が止まってしまった。

「どうした」

「父様が外に飛び出していったのは、あれが原因？」

西の空を指さして尋ねる。

「……ああ、そうだ」

珍しいことに、父様ははぐらかすことなくすぐに肯定した。

父様は俺の横へやってくると、一緒に西の空を見上げた。

「エル、西に何があるか分かるか？」

「西？　えっと、共和国かな」

「そのとおりだ」

父様はそれ以上何も言わなかった。周囲が嫌な静けさで満ちている。

俺はその静寂に耐えかねて、口を開く。

「まさか、共和国が何かしたの？」

「……何かしたと言えばしたし、何もしていないと言えばしていない」

「父様、早く教えてよ。先に話し出したのは父様じゃないか」

「そうだな、悪かった」

父様はため息交じりにそう謝った。どうやら父様も相当参っているらしかった。

何に参っているのかは、まだ分からないが。

「あの球体が見えるな。あれは共和国全域を覆う巨大結界だ」

「……巨大結界？」

いまいち言葉の意味が呑み込めなくて、思わず父様の言ったことを繰り返す。

「……あんなに大きなものが、結界？」

「ああ。おそらく数人、いや数十人で結界を作っているのではないかと考えている」

「そんなことができるの？」

「分からない。ただ、お前が共和国で見たという魔術ならば、あるいは可能なのかもしれん」

父様によると、王宮から連絡が来て、それで外の様子を見にいったそうだった。

王宮の連絡によれば、あれはつい一時間ほど前、突然共和国の上空を覆うようにして現れたらしい。

「でも、一体なんのために結界なんか張ってるんだろう。魔力異常とはいえまだ危険があるわけじゃないし、争いが起こってるってわけでもないのに」

「それを今調べているところだ。とにかく、今こちらに危害を加えてくる様子はない」

父様はそう言ったが、不安げに西の空を見ている。

俺たちはしばらくの間そうしていた。

何か考え事をしているのだろうと思い、俺は父様に声をかけることなく、玄関の扉に手をかけた。

屋内へ入ると、家中に甘い香りが漂っていた。どうやらクッキーが焼き上がったようだ。

早速つまみ食いをしようかと厨房へ向かう。

ラディアとは違い、母様はお菓子のつまみ食いを許してくれるのだ。

厨房の扉を開けると、食器棚の中を覗き込んでいた母様と目が合った。

「あらエル、ちょうどいいところに来たわ。兄様と姉様を呼んできてくれる?」

母様は可愛らしい花柄の皿を取り出しながらそう言った。

普段ならば断わらないが、今絶賛喧嘩中の俺たちにとってはかなりの難題である。

俺が答えあぐねていると、母様には肯定だと受け取られてしまったらしい。

「頼んだわよ〜」という声とともに厨房から追い出されてしまった。

「……気まずいけど、頼まれちゃったものは仕方ないか」

そうぼやきながら階段を上る。

兄様と姉様は、珍しいことに朝から自室にこもりきりだ。下手に顔を合わせたくないのかもしれない。

「兄様、姉様。クッキーが焼けたから下においでって、母様が」

扉を開けずにそう呼びかけるも、返事はない。聞こえていないのか、はたまた無視を決め込まれているのか。

もう一度呼びかけるか、それともノックしようか迷っていると、片方の扉の向こうから控えめな足音が聞こえてきた。そして静かに扉が開けられる。

「……クッキーを焼いたのは母様？」

姉様は扉から顔だけ出して、やっぱり仏頂面でそう言った。

しきりに兄様の部屋のほうを気にしているように見えたが、気付かないふりをする。

姉様は母様のクッキーが大好きなのだ。

もちろんラディアのクッキーもとても美味しいのだが、甘党の姉様の口には、砂糖をたっぷり入れた母様のクッキーのほうが合うらしかった。

ちなみに俺はラディア派だ。母様のクッキーは俺には少し甘すぎる。

「うん、母様が焼いたよ」

「じゃあ行くわ」

姉様はそっと部屋から出ると、俺の横を通って一階へ下りていった。

今までに見たことのないほどの静かさで、ちょっと心配になるぐらいだ。

「兄様は？」

念のためもう一度問いかけてみるが、廊下は静まり返ったままだった。

俺が諦めて階段を下りようとすると、ギィ、と耳を澄まさなければ分からないぐらいの、扉が軋む音が聞こえてきた。

見れば、兄様がほんの少し、扉を開けたところだった。

「……セイはもう行った？」

兄様は声を潜めてそう言った。俺もつられて静かに頷く。

「兄様は食べないの？」

「食べたいけど……」

兄様はもごもごとそう言った。

どうやら姉様の存在が気になるらしい。

喧嘩の原因は、もとはと言えば、言いつけを破って共和国へ行く提案をした俺である。

とはいえ、見ていてまどろっこしいものはまどろっこしい。

「あのねぇ、兄様」

俺がずいっと一歩踏み出すと、兄様は怯えたように身を引いて、扉を閉めようとした。

しかし、それは俺が許さない。素早く扉の隙間に足を入れ、ストッパー代わりにする。

「兄様、行こっか」

わざとにっこり笑ってそう言ったら、兄様は涙目になっていた。

兄様の手を掴んだまま階段を下り、お茶の準備がされているであろう居間へと向かう。

その間、兄様はずっと俺の後ろに隠れるようにして、身を縮めて歩いていた。

「母様、兄様も呼んできたよ」

「あら、ありがとう。ちょうど準備が終わったところよ」

俺たちの事情は露知《つゆし》らず……とまでは言わないが、詳しくは知らない母様は、いつもどおりの微笑みを浮かべてそう言った。

テーブルの上に並ぶ食器たちはいつにも増して可愛らしい雰囲気だ。きっと母様が選んだのだろう。ラディアが選ぶときはもっとシンプルなデザインの食器が多い。

しかしそんな可愛い食器たちを押しのけるぐらい、険悪で緊迫感溢れる空気がこの部屋には漂っている。少なくとも俺にはそう感じられた。

「……来たのね」

一足先に来ていた姉様が、因縁の相手でも見ているかのような目をしてそう言った。

一晩経ってほとぼりが冷めるどころか、ますます怒りが燃え上がっているように見える。

俺の後ろにいる兄様が震えた。

「あら、ミルクを忘れたわ。すぐに取ってくるから待っていてちょうだいね」

「奥様……」

「そうね、ラディアにも来てもらおうかしら。ええと……そうそう、洗い物が少し残っていたから」

母様はそう言うと、半《なか》ば強引にラディアを連れて居間を出ていった。

おそらく俺たちに気をきかせてくれたのだろう。

兄様と姉様は、昨晩の食事のときのように睨み合っている。

まさに一触即発、という感じだが、兄様の腰は引き気味だ。

兄様はほとぼりが冷め、気まずさが残っているといったところだろうか。

「ねぇ、二人とも。無理に仲直りしろとは言わないけどさ、一時休戦にしない？」

俺がそう言うと、姉様は目をぱちぱちと瞬かせた。

兄様の顔は見えないが、同じような表情をしているかもしれない。

「そりゃ、もとはと言えば俺の提案が原因なんだけど……それなら怒るのは俺にしてよ。二人が喧嘩する必要なんかないじゃないか」

姉様はむむ、と口を尖らせた。

「……でも優等生な兄様はまだご立腹《りっぷく》でしょうよ。わたしたちが言いつけを破ったってね」

「ぼっ、僕は」

兄様が俺を押しのけるようにして前に出る。

拳がきつく握りしめられているのが見えた。

「僕はそんなこと思ってない！　確かに、言いつけを破ったのはよくないと思ってるけど……でもセイとエルにはもう怒ってなんかないよ。できるなら、仲直りしたいとも思ってる……」

兄様の言葉は後半に向かうにつれ、少しずつ弱々しくなっていった。

しまいには消え入るような声で話し終えると、そのまま動かなくなってしまった。

姉様は驚いた顔をしたあと、怒ったような悲しんでいるような喜んでいるような、複雑な表情を浮かべた。日頃コロコロ表情を変えているだけあって器用な顔面だ。

「本当に怒ってないの？」

「怒ってないよ」

姉様と兄様はそんな短いやり取りを交わすと、また何も言わなくなった。

またまどろっこしくなってきて、変顔でもして笑かしてやろうかという魔が差しかけたところで、姉様が立ち上がった。

「それで、仲直り、してくれるわけ」

姉様は不自然につっかえた喋り方でそう言った。

「もちろん。仲直りしない理由なんてないよ」

「……そう。悪かったわね」

姉様はつっけんどんにそう言った。

「遅くなってごめんなさいね、ミルクを取ってきたわよ～。あら？　どうかしたの？」

母様は俺たちを見て、わざとらしくそう言った。

ラディアは強張った表情で戻ってきたが、並んでクッキーを食べている俺たちを見てホッとしたような顔をしていた。

無事仲直りをした俺たちは、クッキーを美味しく平らげた。

母様とラディアがいなくなったタイミングを見計らって、二人に俺の近くへ来るよう手招きする。

三人でソファにぎゅうぎゅうになって座る。

「共和国式の魔道具のことなんだけどさ。ひとまず兄様とも情報を共有したいんだ。俺も聞いたことを整理したいし」

姉様は小さく頷き、兄様は心なしか目を輝かせた。

「実は、本当は僕も気になってたんだ！」

兄様は待ちきれない様子でそう言った。

「俺たち、共和国である人に魔道具の仕組みを聞いたんだ。それがなかなか画期的な方法でさ——」

アイレットがしてくれたように、家のたとえを用《もち》いながら仕組みを解説する。説明が甘いところは、姉様が横から補足してくれた。

補足の甲斐あってか、兄様は比較的スムーズに内容を理解してくれているようだった。

うんうんと頷きながら俺たちの話を聞いている。

「——ってわけなんだ。残念ながら実物はないから、そこは想像してもらうしかないけど」

兄様は何やらまだ考えているようだ。俺が話し終えても反応がない。

姉様と顔を見合わせる。

「兄様、どうしちゃったのかしら」

「さぁ……」

姉様と小声で囁《ささや》き合っていると、やっと兄様が顔を上げた。

「僕……やってみたい。いや、やれるかもしれない」

兄様はいつになく真剣な表情で、呟くようにそう言った。

「やれるかもしれないって……まさか、共和国式の魔道具のこと？」

「うん。魔術の部分は魔法に置き換えるしかなさそうだけど」

兄様は自信なさげに、けれど確かにそう言った。

「なんだか恥ずかしくて言ってなかったけど、実は僕、前から魔道具に興味があって。本で読んで、何度か試したこともあるんだ。鍛錬用の木剣とか、やけに丈夫なのがなかった？」

「そういえば……」

思い返してみると、一本だけ異様に丈夫な木剣があったような。

何度打ち合えど雑に扱えど、ちっとも折れたり傷ついたりしなかった。

妙だなとは思っていたが、まさか兄様の仕業だったとは。

「そんな面白いことを隠してただなんて、兄様ったら。早く教えてくれればいいのに」

姉様は怒ったような声でそう言ったが、顔を見れば怒っていないのは丸わかりだった。

「そうと決まれば早速やってみましょうよ。安物の剣なら、木剣と一緒に倉庫にいくつか置いてあったはずだわ」

「ええ、いきなり本物の剣でやるの？」

「何本もあるんだから、ちょっとぐらい構いやしないわよ。そうと決まれば、早速取ってくるわね！」

姉様はそう言うと、いてもたってもいられないといった様子で、部屋を飛び出していった。

その猪突猛進《ちょとつもうしん》さは、猪《いのしし》という字のとおり、まさに魔の森で見た猪の魔物みたいだった。

「そうだ兄様。さっき魔法で置き換えるって言ってたけど、そこもどうにかなるかも」

「どうにかなるって？」

「フェルモンド先生たちが開発してる、新しい魔法だよ。魔力異常の中でも使えるあれを使えば、共和国式の魔道具にもっと近くなるんじゃないかな」

兄様の目が見開かれる。しかし少しして、しょぼんとした顔になった。

「でも、その魔法ってすごく難しいんでしょ？　まだ試用段階だから、魔力も沢山必要だって……」

「兄様ならやれるよ。魔物を倒すわけじゃないし、上手くコントロールすればきっとできるよ。兄様は、魔力も多いし。俺も手伝うよ」

そこで廊下からタッタッタッという軽やかな足音が聞こえてきた。しかしそれだけでなく、ガシャガシャと金属がぶつかり合うような音も聞こえてくる。

「姉様、一体どれだけ持ってきて……まさかありったけ持ってきたんじゃ」

「あはは、流石のセイと言えどもそれはな、い――」

バンッという音が聞こえ、兄様は言葉を切った。

景気よく開けられた扉の向こうには、片足でバランスを取り、両手いっぱいに剣を抱えた姉様が立っていた。あろうことか、扉は足で蹴り開けたらしい。

俺たちがあっけに取られていると、姉様は満足げに笑みを浮かべた。

「さあ、早速試しましょう！」

けたたましい金属音を立てて、机の上に大量の剣が投げ出される。

短剣、片手剣、細剣……大剣こそなかったが、レパートリーも量も豊富だ。

姉様は『安物の剣』だと言っていたが、どう見たって高価そうなものも数本交じっている。

かろうじて机から落ちないギリギリの位置に陣取っている剣は鞘にレリーフが施されているし、その隣の剣なんか持ち手に小さな宝石がついている。

兄様と俺は顔を見合わせた。兄様は口の端を引きつらせ、笑みを浮かべた。

きっと俺も同じような顔をしていたことだろう。

これが地獄の始まりだとは、誰も思わなかった――

7

魔道具作りを言い出してからどれぐらいの時間が経ったのかは分からないが、とにかく随分と長い時間、俺たちはそれに励んでいた。

「層の分け方か……いや、そもそも使ってる魔法が……ああでもない、こうでもない……」

兄様はブツブツと呟きながら、次から次へと剣を手に取っていく。

そしてその中の一つに目を止めた。

しかしそれは量産品の型で作られたもので、特に他と違いがあるようには思えない。

「よし、次はこれを……」

兄様はその剣を鞘から抜ききり、机の上に置いた。

そして俺の部屋にあったつっかえ棒を構える。とりあえずの杖代わりだ。

真面目な顔でつっかえ棒を構えている様子は正直かなり間抜けだが、背に腹は代えられない。

しっかりとした作りだし、その辺で拾った木の枝を使うよりかは多少ましだろう。多分。

兄様はメモを半ば掴むようにして手に取った。

メモしてあるのは、俺たちが考えた長ったらしい詠唱だ。

新しい魔法を発動するには、杖だけでなく大仰《おおぎょう》な詠唱が必要となる。

しかし既存の魔法に対応するもので、俺が詠唱を知っているものは『アクアバレット』ぐらいしかない。だから急ごしらえで、俺たちで頭をひねって考えた。

見様見真似《みようみまね》で考えた詠唱にどれほどの効果があるのかは不明だが、新魔法を発動するコツはエルフの里で履修済みだ。今はそれに頼るしかない。

「まずは土台――ええと……全てを切り裂き、何にも折れぬ鋭き刃《やいば》となれ」

兄様の手元が光り輝いたかと思うと、その輝きが徐々に剣身へと移っていく。

どうやら道具に魔法を付与するときにはこんな現象が起こるらしかった。

こんなに眩しくては、魔道具職人なんかはサングラスをかけて作業する必要があるだろう。

しかしこの世界にそんなものはない。

ひとまず兄様は目を細めて対処しているものの、どう考えたって目にはよくないだろう。

今日のところは仕方ないが、おいおい対策を考える必要がありそうだ。

「次に柱。補強・強化……そうだな、特別効果は火にしよう」

兄様はブツブツと言いながら作業を進めていく。俺たちはじっとその様子を見守っていた。

ぼう、と兄様の手辺りに炎が現れる。

そして先ほどと同様、それは剣身に吸い込まれるようにして消えていった。

「次は……」

「屋根よ。魔法を定着させるための」

兄様に続いて、姉様が素早く、そう言う。

「屋根か。毎回ここが上手くいかないな。やっぱり俺たちで考えた術式じゃあだめなのかな」

「そもそも定着させる術式っていうのがよく分からないわよね」

「屋根、定着、固定……うーん、どのイメージもしっくりこないや」

そんな会話をしながら、俺と姉様は兄様と剣とを見やる。

兄様は俺たちの話に耳を傾けながらも、じっと剣を見つめている。

傍《かたわ》らに置かれたメモには、屋根の役割を担《にな》う魔法の詠唱が書かれている。

「一体何が足りないんだろ」

普通の魔法でさえ難しいものを、扱いの複雑な新魔法で形にするのは困難を極めた。

それでもなんとか詠唱だけは作ったのだが、何度試せど、この屋根の段階が上手くいかないのだった。

兄様は何度も試したが、ことごとく失敗している。

小さく爆発したり、剣先がぐにゃぐにゃになってしまったり、逆にうんともすんとも言わなかったり。

おそらく兄様ではなく、この新魔法か剣の強度に問題がある。

そう分かってはいるものの、改善案は全く思い浮かばない。

「うーん……」

俺が考え込んでいる横で、兄様はその問題の魔法を、もう一度試そうとしていた。

休憩したほうがいいと何度も言ったのだが、兄様は「エルが考えている間、試すだけだから」と言って、聞く耳を持たない。

姉様も見様見真似で魔道具を作り始めたらしく、兄様の側で剣を物色している。

俺もやってみようと思い、適当に剣を手に取る。

たまたま手に取ったそれは、簡素なつくりの短剣だった。

「……あ！」

そういえば、俺にも手持ちの剣があった。最近魔法ばかり使っていて、忘れかけていた。

そう、王都の武器屋で作ってもらったミスリルの短剣だ。

五歳の誕生日を迎えてすぐだったから、おおよそ一年前になる。

あの短剣はミスリル製で、なおかつドラゴン――ウォンの鱗《うろこ》を使っている特別製だ。

前にどこかでミスリルは魔力や魔法と相性がよく、武器以外には魔道具のパーツによく使われる、と聞くか読むかした覚えがある。

ドラゴンの鱗については詳しくは分からないが、確かこの短剣を作ってくれた武器屋の店主が、『軽いし頑丈、切れ味も抜群。ドラゴンの鱗のおかげで、性能が底上げされている』みたいなことを言っていたはずだ。

魔物から取れた鱗だし、魔力との相性もさらによくなっているのではないだろうか。

「どうかしたの？」

突然声を上げた俺を不思議に思ったのか、姉様が顔を上げた。

兄様は集中していて気付いていていない。

「いいことを思いついたんだ」

「いいこと？　まさか、悪戯でもけしかけようっていうんじゃないでしょうね……」

「違う違う。それに、どっちかっていうとそういうことするのは姉様でしょ」

そう言うと、姉様は決まりの悪そうな顔をした。

アイテムボックスを開き、中からお目当てのものを取り出す。

青く光る剣身は、今は鞘に隠されている。

俺が魔法を発動したことに気が付いたのか、一心に剣を見つめていた兄様も顔を上げた。

「これを使って、今までやってたことを試してみよう」

短剣を鞘から抜くと、以前と変わらず青白い輝きを放つ剣身が剥き出しになる。

久しぶりに取り出した上、手入れもろくにしていないはずだが、錆《さ》びついていないようで安心する。流石はミスリル製。

「見てのとおりこれはミスリルでできてる。魔力と相性のいいこれで試したら、もしかして何か変わるかもしれないと思ったんだ」

兄様と姉様は何故だかひどく驚いた様子で俺を見ている。

「ま、待って。エルったら、一体どこでそんなものを手に入れたわけ？」

兄様が俺と短剣を交互に見やりながらそう言う。

思いつきに夢中になってすっかり忘れていた。

突然こんなものを取り出したら、いつどこで手に入れたのか聞かれるに決まってる。

「う、そ、それは……」

「まさか父様のお部屋から持ち出したんじゃないでしょうね。流石にそれは怒られるわよ」

今度は姉様が険しい顔でそう言う。

「それはないよ。ないんだけど……」

苦しい。まさか王都の武器屋でこっそり買っただなんていえない。

言えば無断外出からギルドでのことまで、芋《いも》づる式《しき》にバレてしまう。

もっとも既に父様にはバレているから、無駄な抵抗ともいえるが。

「ま、まぁそんなことより、今はとにかく試してみようよ」

そう言うと、二人はなんとか短剣の出どころから興味を失ってくれたようだ。

積み上げられた剣を横にどけて、兄様の前にミスリルの短剣を置く。

兄様も姉様も、それをじっと見つめている。

「でもエル、試すっていったって、もし失敗したら……」

「でもこのまま続けてても、疲れるだけで何も進まない。多少失敗しても大丈夫だよ」

俺の言葉に兄様はまだ納得がいかない様子だったが、渋々といった様子で頷いた。

「全てを切り裂き――」

詠唱を始めると同時に、ぼんやりと兄様の手が光を発し始める。

そしてこれまでと同じように、その光はミスリルの剣身へと流れ込んでいく。

そこで変化が起きた。

バチバチという音を立て、まるで電流が走っているかのような無数の小さな稲妻《いなずま》が現れる。

「なっ……!?」

兄様は咄嗟に手を離す。

小さな稲妻は手を離してからもしばらく瞬いていたが、数秒経つとぼんやりと光を発するだけになり、やがて消えた。

「兄様、大丈夫!?」

慌てて兄様に声をかける。

「うん、僕はなんとも。でも今のは……」

兄様は呆然とした様子で、自分の手と短剣とを眺めている。

今のは一体なんだったんだろう。

兄様のみならず、俺と姉様も一緒になって、おそるおそる短剣を観察する。

けれど光を失った短剣は、もとの青白い輝きを放つだけだ。

思いきってつついてみたがなんともなかった。

「……もう一回試してみよう」

兄様は独り言のようにそう呟いた。

「本当に平気？　またさっきみたいになったら危ないって」

「大丈夫だよ。嫌な感じはしなかったし」

俺が止めても、兄様はそう言って、また短剣に手を伸ばす。そして詠唱をした。

「全てを切り裂き――」

兄様の手の周囲が再び光を放ち始めたかと思うと、もう一度稲妻が迸《ほとばし》り始《はじ》める。

兄様は今度は動じず、手に力を込め続ける。より一層、稲妻が激しくなったような気がした。

その場にいる全員が、固唾《かたず》を呑んでその様子を見守っていた。

「何にも折れぬ、鋭き刃となれ！」

兄様が詠唱を終えると、最後にパチ、と小さな音を立てて、稲妻と光とが治まった。

代わりに短剣が、よりいっそう青白い輝きを強くして、机上に鎮座していた。

「……成功だ！」

俺が堪《こら》えきれずそう言うと、兄様は首を横に振った。

「まだ土台だけだよ」

「でも、なんだかすごかったじゃないの、稲妻がバチバチッて！　きっと最後まで成功するに決まってるわ！」

「そうかなぁ」

興奮からか頬を赤くした姉様がそう言うも、兄様は自信なさげだ。

「そうだエル、特別効果は何がいい？」

「俺が決めるの？」

「もちろん。だってこの短剣はエルのでしょ」

兄様はさも当然のようにそう言った。

「僕が使える属性は火と水だけだから、その二つに限られちゃうけど。エルはどっちがいい？」

短剣を使っているシーンを思い浮かべてみる。

普段使っているアクアバレットが水属性だから、普通に考えるなら水にしてもらうのがいいだろう。でも火も捨てがたい。何故ならとんでもなくかっこいいからだ。

火と水を同時に扱う戦闘スタイルなんて、かっこいい以外に言葉がない。

しかし火属性と水属性の相性がいいかと言われると、微妙なところだ。

火属性の魔法使いと水属性の魔法使いが戦うならば、有利なのは断然水属性魔法使いだ。

どれだけすさまじい烈火《れっか》を放とうとも、水には簡単に打ち消されてしまう。

水が蒸発してしまうぐらいの炎ならば話はまた別だが、普通の場合は火より水のほうが有利だ。

けれど一人の魔法使いが同時に扱う場合はまた違ってくるだろう。

水のあとに火を放てば、熱された水は瞬時に沸騰し、大ダメージを与えることができるかもしれない。

そしてそれだけではない。無属性を除き、四大属性以外の魔法は、複数属性の組み合わせで発現するとされている。

例えば、夜鴉団のネズロが扱った雷魔法や、セリナさんが大会で使っていた氷魔法もそうだ。

彼らの魔法を見たあと、気になって調べたから間違いない。

何がどうなってそうなるのかは理解できなかったが……

例外中の例外である《デリート》を除外すると、俺は今のところ、四大属性以外の魔法を発動できた試しはない。けれど目の前で見たら、自分もやってみたいと思うのが人の性《さが》。

つまりは火と水という二つの属性を、魔道具と魔法という別の媒体を通して同時に操ることにより、新たな属性を使えるようになるのでは、と目論《もくろ》んでいるのである。

「う～ん……」

腕を組んで長考する。

暇を持て余した姉様は、手のひらの上で何かをもて遊んでいる。

見ると、手のひらの上で小さな精霊がくるくると舞い踊っていた。

風の精霊なのだろう、そよ風がこちらまで吹いてきた。

「……よし、決めた！　火にする！」

兄様の得意属性だし、きっといいものに仕上がるだろう。あとのことはできてから考えよう。

兄様は嬉しそうに頷くと、早速二段階目の層、柱に取りかかり始めた。

土台のときほどではなかったものの、バチバチと迸る稲妻の中、兄様は難なく二段階目の魔法をかけ終えた。

そして次はいよいよ屋根、つまり仕上げだ。今までにただの一度も成功したことがない。

「……いくよ」

兄様は静かな声でそう言った。

その様子につられて、俺も思わず体に力が入る。

兄様が脇に置いてあったメモを一瞥《いちべつ》する。そして短剣の上に手をかざし、そっと詠唱を始める。

「刻み込まれたその術式は、何者にも阻まれない……」

空気を切り裂くような激しい音を立てて、ひときわ強烈な光と稲妻が発生する。

あまりの眩しさに目を閉じそうになるも、この先を見逃すまいと懸命に目を開く。

辺りの影を全て塗りつぶしてしまいそうなほどの光が、短剣から放たれている。

兄様はぐっと力を込めるようにすると、残りの詠唱を口にすべく、もう一度口を開く。

「与えられしものを、その身に一層強く刻み込め！」

バチバチッ！

激しい音とともに無数の火花が散る。

それを最後に、強烈な光は全て剣身に収束していく。

吸い込まれるようにして光が消え去るまで、俺たちはじっとその様子を見守っていた。

「せ、成功した……？」

兄様はあっけにとられた顔のままそう言った。

やっぱり自信なさげなその言い方に、俺は姉様と顔を見合わせる。

「エル？　セイ？　なんとか言ってよ」

おろおろしだした兄様に、俺と姉様は目を合わせて笑った。

そしてわざと大股で、兄様のところへずかずかと歩いていく。

「「おめでとう！」」

合図もしなかったのに、俺と姉様の声はぴったり揃った。

兄様はぽかんと口を開いている。

「ちょっと借りるよ」

「う、うん」

兄様の前に置かれている短剣を手に取る。

先ほどまですさまじい光を発していた短剣は、何事もなかったかのように今は静まり返っている。

ほんのり青みがかった剣身は前と同じで、特に変化は見受けられない。

それに、杖を扱うときのように、かるく魔力をまとわせてみる。

青みがかった剣身はそのままに、周囲に薄く炎がまとわりついた。

「……ほら、成功だ！」

兄様を振り向いてそう言う。兄様は頬を紅潮させて、じっと短剣を見つめている。

「はい、兄様も」

炎の部分に気をつけながら、兄様に短剣を手渡す。

けれど何故だか、剣身を覆うようにして渦巻く炎から熱さは感じない。

だから火傷の心配はなさそうだった。

「ほんとに成功だ……！」

兄様は上擦《うわず》った声でそう言った。

「ねえ、わたしにも持たせてよ！」

姉様がそう言って身を乗り出す。短剣は兄様から姉様の手に渡った。

「そうだわ、せっかくだから試しにいきましょうよ！」

姉様は意気揚々とそう言った。

「じゃあ魔の森に——」

「だめだよ。今は軽いとはいえ、一応魔力異常だって父様たちが言ってたじゃないか。もし狂暴になった魔物に出くわしたら危ないよ」

俺の提案を遮って、兄様がムッとした表情でそう言う。

「ちょっとぐらい大丈夫よ。そんなに言うなら、わたしたちで行ってくるわ。ね、エル」

兄様に負けず劣らず、不機嫌そうな顔をした姉様がそう言う。

デジャヴを感じる。これじゃあ共和国へ行こうとしたときと同じだ。

兄様と姉様はまた睨み合いを始める。

そこに割って入ろうとしたところで、頭上から聞きなれた低い声が降ってきた。兄様と姉様も睨み合いを中断する。

「お前たち、こんなところにいたのか。アーネヴィの居場所を知らないか」

父様は辺りを見回しながらそう言った。どうやら母様を捜しているらしい。

しかし父様の視線は、部屋中をひととおり見回したあと、ある一点に止められる。

机の上に大量に置かれた剣たちだ。

「……こんなに剣を持ち出して、一体何をしていたんだ。危ないから、私たちが見ているとき以外はあまり触るんじゃないと言わなかったか」

父様は厳しい表情でそう言った。

もっともな指摘だが、残念ながらそう言われた記憶はなかった。少なくとも俺には。

「あら父様、そんなことは言われてなくってよ」

「う、うん。僕も……」

姉様がそっけない声でそう言い、兄様も小さく同意する。

どうやら俺の記憶違いではなく、父様の勘違いのようだった。

そもそも、もしそう言われていたのであれば、兄様が黙っているはずがないのである。

「……言い忘れていたのは私の過失だ。今回は仕方がない、次から気を付けるように。さぁ、私も一緒にいくから、この剣を倉庫に戻しにいきなさい」

父様はやれやれといった様子でそう言った。

ええー、と姉様がわざとらしく抗議の声を上げるが、父様に二言はない。

俺たちは無言の圧をたっぷりとかけられ、剣を一人数本ずつそれぞれ抱え込んだ。

剣は想像以上に重く、三分の一でも限界が近い。

これを全て一人で運んできた姉様は、身体強化魔法でも使っていたのだろうか。

父様の監督のもと、皆で並んで剣を倉庫まで運ぶ。

剣を抱えた俺たち三人が先に並び、その後を険しい顔をした父様がついてくる姿は、はたから見れば異様に見えたに違いない。

事実、通りかかったラディアが掃除の手を止めて、変なものでも見るような目を向けてきた。

外ではまだ雨が降っていたが、裏口から出て屋根のあるところを伝っていくことで、俺たちは濡れずに済んだ。

剣を倉庫の壁に立てかけると、全てもとどおりになった……かのように見えるが、実際そうではない。この中には剣先がぐにゃぐにゃになった剣や、振るとゼリーのようにぷるぷると震えるものが交ざっている。それらは父様から見えないようにして抱えて運び、立てかけるときも奥のほうに隠しておいたから、しばらくの間はバレないはずだ。バレたときのことは考えないでおく。

もう一度四人並んでぞろぞろと戻る。裏口から中へ入ると、玄関のほうからドンドンという音が聞こえてきた。扉を叩く音なのだろうが、やけに切羽詰まっている。

「先に戻っていなさい。お客人が来たようだ」

そう言うと、父様は素早く身を翻して玄関へと行ってしまう。

残された俺たちは全員で顔を見合わせた。

そして無言で頷き合うと、そろそろと父様のあとを追いかけた。

廊下を早足で通り過ぎ、父様が扉を開けると、激しく扉をノックしていたその人は、息も絶え絶えといった様子でしゃがみ込んだ。

やってきたのは、少し生え際が後退してきたぐらいの、中年のおじさんだった。

身なりからして農民だろうか。

「誰だろう」

「見たことない人だわ」

「シッ、二人とも静かに」

俺たちは三人で固まって、壁に隠れてその様子を覗いていた。

父様は反対側を向いているから多少身を乗り出してもバレることはないだろうが、あまり大きな音を立てれば振り向かれてしまうかもしれない。

「一体どうした。お前は……確かハーゲンだったか。うちの領民だな」

ハーゲンはしばらく答えなかった。どうやら息を整えるのに苦労しているようだ。

「りょ、領主様、大変なんです！」

口を開くなり、ハーゲンは切羽詰まった声でそう叫んだ。息切れしながら叫んだせいか、ハーゲンは激しく咳き込んだ。

「少し落ち付け。何があったのかゆっくり話してみろ」

「きょ、共和国が……」

「共和国？」

ここからでは顔は見えないが、父様は怪訝な顔をしているのだろう。そんな声色だった。

そこで今朝、父様とともに見た光景のことを思い出した。

共和国全域を覆うようにして現れた結界のことだ。

しかしあれなら朝からあったし、今更慌てた様子で駆け込んでくるのはおかしい。

兄様と姉様の横顔を盗み見る。二人とも不思議そうな顔をしていた。

ハーゲンは咳が治まると、少し落ち着いたようだった。けれど顔面は蒼白だ。

姿勢を正すと、真っ直ぐ前を向いて言葉を続ける。

「共和国のほうから、大量の魔物が……！」

ハーゲンの言葉に、兄様と姉様が息を呑んだ気配がした。

「……共和国から？　魔の森ではないのか？」

「間違いないです。まだ近くまでは来てないですが、あれは間違いなく魔物でした！　雨の中で赤く光る目が見えたんです！」

そこまで言うと、ハーゲンはぶるぶると震え出した。

「分かった、すぐに向かおう。お前は落ち着くまでここで休んでいるといい」

父様が何か呟いたかと思うと、瞬きの間にその手には剣が握られていた。

空間魔法を発動したのだろう。

「それとお前たち」

父様は振り返ることなくそう言った。ビクッと俺たち三人の肩が跳ねる。

「母様にしばらく出ていると伝えておいてくれ」

父様のその言葉に、俺たちは顔を見合わせた。緊急事態だからか、お咎めはなしのようだ。

「わ、分かりました」

俺は戸惑いながら返事をする。父様は玄関扉を出たかと思うと、ふと消えてしまった。領地の端辺り、共和国との国境付近まで転移したのかもしれない。

「あれ？　あの人、怪我してない？」

ふと兄様がそう言った。見ると、確かに左腕部分の布地が僅かに赤く染まっている。

「父様は行っちゃったし、あの人は怪我してるし……どうしましょう」

姉様は上の空でそう言った。珍しく動揺しているらしかった。

しかし、もたもたしている暇はない。今は緊急事態だ。色々と考え込みたくなるのを抑えて、なんとかやるべきことを整理する。

「あの人の怪我は、俺が回復魔法で治してくる。兄様は救急箱を取ってきて、ラディアを呼んできて。姉様は母様に、父様に言われたことを伝えて」

「救急箱と、ラディアね」

「分かったわ」

兄様と姉様はそれぞれの目的の方向へ走っていった。

今日は雨だ。ラディアは朝のうちに家の中のことは済ませてしまう。

だからそのあと庭の手入れや外の掃除をしていないのならば、たいてい厨房にいる。

そして雨の日の母様は、決まって書庫で読書をしているから、どちらもすぐに見つかるだろう。

二人が走り去ったのを視界の端で確認してから、俺はハーゲンのところへ向かう。

俺が近くまで来ると、ハーゲンは驚いたように顔を上げた。

「あなたは……領主様のご子息《しそく》でしょうか」

「はい、エルっていいます。それよりハーゲンさん、その怪我を診《み》せてもらえませんか？」

ハーゲンはハッとしたように左腕を覆った。

「俺は回復魔法が使えるんです。ただ、その代わりに何があったのか詳しく聞かせてもらえませんか？」

　ハーゲンは少しだけ迷うような素振りを見せたが、最後には頷いた。

◇　◇　◇

　エルたちの父親であり、辺境伯でもあるゼルンドは、雨の中剣を振るっていた。

　ゼルンドの握る剣は、彼自身の魔力によって炎の力を帯びているが、雨の中ではその能力を十分に発揮できない。

「はっ！」

　ゼルンドは襲い来る魔物を剣を一振りして屠《ほふ》っていく。

　しかし、一度は地に伏した魔物までもが、赤い目をぎらつかせながら再び襲い来るのだ。

　きりがなかった。

「なんなんだ、この魔物たちは……！」

　何故こんなにも狂暴で頑丈なのか。そして何故共和国のほうからやってきたのか。

　不可解なことは山ほどあったが、冷たい雨と襲い来る魔物たちがゼルンドの思考を鈍らせる。

『ガァッ！』

「クッ……！」

魔物の鋭いくちばしがゼルンドの肩を掠《かす》める。布地が裂け、少し遅れてじわりと血が滲んだ。

凶悪なくちばしの持ち主である魔物は耳障《みみざわ》りな鳴き声を上げながら、ゼルンドを嘲笑《あざわら》うように上空をひらりひらりと飛んでいる。

平常時でも空を飛ぶ魔物との戦闘は難しいというのに、この雨天、さらには隙を与えず代わる代わる攻撃してくる魔物たちに囲まれていては、応戦するのは困難を極める。

加えてゼルンドの戦闘スタイルは剣に魔法をまとわせる戦い方であり、遠距離には向いていない。

ゼルンドは忌々しさからか、それとも痛みからか、顔をしかめた。

しかし魔物は待ってはくれない。

『ギギッ！』

今度は強靭《きょうじん》な顎を持った魔物がゼルンドに襲いかかる。

ゼルンドはそれをすんでのところで躱し、上顎に剣を突き立てる。

魔物は鳴き声を上げたが、すぐに動かなくなった。

戦えども戦えども魔物の数は減らず、むしろ増えている気さえする。

ゼルンドは気の遠くなる思いだったが、ここでやめるわけにはいかない。

自分がやられてしまえば、自身のみならず、領民たちまでもが危機に晒されるのだ。

そして、ゼルンドの家族たちも。

ゼルンドは自身を奮《ふる》い立《た》たせ、悲鳴を上げる体を叱咤して剣を振るう。

雨の降り注ぐ音と、魔物の耳障りな悲鳴だけが辺りにこだましていた。

どれほどの間戦い続けただろう。痛みと疲労の一切を無視し、剣を振るい続けていたゼルンドの動きが一瞬だけ鈍る。

そしてその直後——ぐわん、と世界がゆがむような衝撃にゼルンドの体が襲われる。

ゼルンドが僅かにふらつく。

魔物たちはその一瞬の隙を見逃さなかった。

鋭い爪、狂暴な牙、強靭な顎、湾曲《わんきょく》したくちばし——それらが一斉にゼルンドへと襲いかかる。

がらん、とゼルンドの愛剣が地面に落ちた。

8

ハーゲンは一度深呼吸をすると、おそるおそる腕の具合を確かめた。

「手当をありがとうございます。大した話ができずに申し訳ありません」

ハーゲンは眉尻を下げてそう言った。

左腕の傷はすっかり塞がり、健康な皮膚へと戻っている。

それほど深くなかったから、治すのにはさほど苦労しなかった。

「いいえ、ありがとうございます。怪我も治ったし、よかったです」

「いやぁ、お恥ずかしいです。焦って木の枝に引っかけるなんて」

ハーゲンの話によると、腕の傷は急いでうちに来る道中、うっかり木の枝に引っかけてできたものだそうだ。魔物に襲われたのではないかと思っていたので、聞いたときは拍子抜けしてしまったが、大事でなくてよかった。

それに彼がここまで走って伝えにきてくれたから、いち早く情報を知ることができたのだ。

ハーゲンが来てくれなければ、もっと気付くのが遅れて、大変なことになっていたかもしれない。

「本当にありがとうございます。じゃあ、そろそろお暇《いとま》いたします」

「えっ。でも、今戻ったら危ないいんじゃ」

共和国のほうからやってくる魔物が見えたということは、ハーゲンの家も危ないかもしれない。

「家には体の弱い妻がいるんです。あんまり長い間ほったらかしにしておくわけにはいかないので……」

ハーゲンは困ったような笑顔を浮かべてそう言うと、走って去っていった。

兄様と姉様が戻ってくる。

「エル、これ救急箱。ラディアは火を止めたら来るって……あれ、あの人は？」

「帰っちゃった。家に奥さんがいるから、一人にしておくわけにはいかないって。あ、ちゃんと怪我は治したよ」

「そっか。ところでセイはまだなの？　母様、書庫にいなかったのかな」

兄様は不安げにそう言った。

「父様、大丈夫かな。どれぐらいの魔物がいるのか分からないけど、一人じゃ危ないよ。いくら父様が強いとはいえ、もしものことがあったら……」

「……俺もそう思う。ほんとは今すぐにでも加勢しにいきたいけど、とりあえず母様に聞かないと。父様が危ないのはもちろんだけど、まだ戦闘慣れしてない俺たちが行っても足手まといになるかもしれない。それに、俺たちだって危険に晒されるんだ。もし何かあったら、悲しむのは父様たちだ。慎重に動かないと」

普段好き勝手している俺の言えたことじゃないが、もし今俺が飛び出してしまえば、兄様も姉様もついてきてしまう。

俺一人だったら躊躇なく行っていただろうが、二人まで危険に巻き込むならば、話は別だ。

それに共和国から来たというのが気になる。結界といい、今は何も状況が分からない。

そのとき、ラディアと母様がやってきたのが見えた。しかし何やら様子がおかしい。揉めているように見えるが、ラディアと母様が揉めているところなんてただの一度も見たことがない。

ただならぬ様子を感じて、俺は身を固くした。

「奥様、おやめください。あなたまで行ってはなりません。この家に残されたご子息たちはどうするのです」

「そのためにあなたがいるのでしょう、ラディア。あなたはとても優秀だわ。あなたにならこの家を任せられる。本当ならば、こんなことしちゃいけないのは分かっているわ。でも、今日はよりにもよって雨なのよ。もしものことがあったら……」

「先ほど王宮へも連絡をいたしました、あとは援軍を待つべきです！」

「間に合わなかったらどうするの？　兵を動かすのには時間がかかるわ。それに、馬車ではとうてい間に合わないから、転移魔法でここまで連れてくることになる。空間魔法を使える人を捜すのにも時間がかかる」

ラディアと母様は、やはり激しく言い争っている。

姉様は、母様とラディアの後ろから、おろおろしながらついてきている。

「母様、どうかしたの？」

兄様が不安げにそう聞く。母様の顔にいつもの笑顔はない。

俺たちの顔を見回すと、母様は側へ来るよう言った。

「ルフェンド、セイリンゼ、エルティード。よく聞きなさい」

母様が俺たちと目線を合わせながらそう言う。今の母様には、有無を言わせないような雰囲気があった。

その先に続く言葉は、さっきの会話内容からして、ある程度予想はついていた。

でも聞きたくない。けれど母様は話すのをやめてくれない。

「私が戻るまで、この家、そしてあなたたちのことは全てラディアに任せます。ラディアの言うことを聞いて、いい子にしていること。それから……夜になっても私たちが戻らなかったら、転移魔法で王都まで行きなさい。王宮へ行けば、きっと陛下が助けてくださるはずだから」

「奥様！」

「分かったわね？」

母様はラディアの言葉には反応しない。

ラディアは怒ったような顔をして、でも目には涙を浮かべていた。

「嫌よ！　わたしたち、ここで母様たちを待ってるわ！　王都へなんて行かないんだから！　だって、そんなことしたら、まるで母様たちのことを見捨てたみたいじゃないの！」

姉様が声を荒らげてそう言う。しかし母様は動じない。

「そう言っているのよ、セイリンゼ。夜までに戻らなかったら、私たちはもう戻らないものと思いなさい」

母様の言葉を聞いて、姉様が息を呑んだ。そしてその目からぽろぽろと涙が零れる。

兄様は口をはくはくと動かして何か言おうとしていたようだが、結局何も言わなかった。

いや、言えなかったというほうが正しい。

俺も言いたいことは沢山あった。そんなのひどいだとか、できるわけないだとか、父様と母様が……戻らないわけないだとか。

けれどやっぱり、どれも言葉にならなかった。

「いいわね？」

母様はいつもの優しげな笑顔に戻ってそう言った。

俺たちは頷くしかなかった。

母様は空間魔法で大振りな木の杖を取り出す。ごつごつとした、自然の風合いを残した杖だ。

新魔法とは違い、従来の魔法に杖は必要ない。けれど杖を使う魔法使いは多かった。

何故杖を使うのか理由はいくつかあるが、一説には、体力がつきそうになっても、杖を地面につきたてて立っていられるように、というものがある。

母様がそんな風にして戦う光景を思い浮かべそうになって、慌てて頭を振る。

父様も母様も強い。きっと大丈夫だ。そうに決まってる。

「じゃあラディア、あとはお願いね。皆、大好きよ」

母様はにっこり笑ってそう言うと、俺たち全員に見守られながら、転移魔法で姿を消した。

魔力異常が起こったのはその直後のことだった。

◇　◇　◇

「離してよラディア！　俺が、俺が行かなきゃ！　今魔法を使えるのは俺だけなんだ！」

「なりません」

いくら叫んでも、ラディアは断固として俺を離してくれない。

半ば羽交《はが》い締《じ》めのようにされて、止められる。

魔法を使えば話は別だが、純粋な力比べじゃ、本気の大人に敵うわけがなかった。

ジタバタと暴れても、ラディアはびくともしない。

「離せったら！　魔力異常の中じゃ魔法が使えないだけじゃなく、魔物まで狂暴化するんだぞ！

もし、もし父様と母様に何かあったら……！」

「お気持ちは痛いほど分かります。けれど、私は奥様に、あなた方のことを頼まれたのです。行かせるわけにはいきません」

ラディアは感情を押し殺したような、不自然に冷たい声でそう言った。

けれどその声は微《かす》かに震えている。

「でも、でもっ……！」

俺だって、ラディアの言っていることが分からないわけじゃない。

ラディアだって辛い思いをして、俺を止めているのは十分に理解しているつもりだ。

でも、どうしても行かなくちゃならないのだ。

この魔力異常の中、魔法が使えるのは俺だけなのだから。

きっと力になれるはずなのに。

「兄様、姉様！　ラディアをどうにかしてよ！」

兄様は所在なさげに視線を彷徨わせ、姉様は俯いている。

「僕は……僕は、エルに行ってほしくない」

兄様は俺の目を見てそう言った。

「エルは確かに新魔法が使えるよ。でも、だからって危なくないわけじゃない。もしもエルまで戻ってこなかったら、僕は……」

兄様はそこまで言って言葉を切った。

俺はなんと言えばいいのか分からなくなって、何も言葉を返せずにいた。

そこでずっと俯いていた姉様が顔を上げる。

「わたしは分からない。父様や母様が戻ってこないなんて、絶対に嫌だわ。王都へ逃げるのも嫌。でも、エルが行ってしまうのも嫌……」

「でも……」

「エル様。ここにいる誰もが、あなたに行ってほしくないのです。きっと、ゼルンド様とアーネヴィ様もそう。どうか私たちの願いを聞き入れてはくださいませんか」

ラディアはまるで懇願するように、俺にそう言った。

「エル様を止めるためなら、私はなんだっていたします」

ラディアは俺を見据えたまま動かない。とても折れてはくれなさそうだった。

ラディアのスカートが翻ったかと思うと、その手には小ぶりなナイフが握られていた。

空間魔法と見紛《みまご》うほどの素早さだった。おそらくベルトか何かで足に固定していたのだろう。

まさか攻撃してくる気かと思ってから、それはないと自分で否定する。

なら何をする気なのか——

「……これでもお行きになられますか」

ラディアはナイフを自身の喉元に突き付けた。

兄様か、姉様か、それとも俺か。誰からとも言えない小さな悲鳴が上がる。

「……ラディア。今すぐやめろ」

「残念ながら、お聞きするわけにはいきません。エル様を止められるのならば、この命なぞ、安いものです」

ラディアがグッと手に力を込める。切っ先が僅かに皮膚を切り裂き、首元に血が伝う。

「ラディア！」

「エル様。決して行かないと約束してください」

「でも！」

「エル様。お約束いただけますか」

ラディアはナイフを自身の喉に突き付けたままそう言った。

もし俺が『はい』と答えなければ、そのままナイフを突き刺してしまいそうな気迫が、今のラディアにはあった。ラディアは俺から視線を外さない。

「……分かった。約束する」

ついに俺が根負けしてそう言うと、やっとナイフが下ろされた。

思わずホッと息を吐く。

「エル様、もし約束を違《たが》えるようなことがあれば、私は喉をかっ切る覚悟です。くれぐれもお忘れなきよう」

ラディアの言葉を聞いて、背筋が凍るような思いになる。

本気になったラディアは、ひょっとしたら母様よりも怖いかもしれない。

ちょっとジャンルが違うような気もするが。

『キュ、キュキュ～！』

下のほうから間の抜けた鳴き声が聞こえて、一気に空気が緩む。

足元を見ると、もふん、とふかふかの毛が足に触れた。

「コラン。お前、自分の檻《おり》の中にいたはずじゃ」

薄ピンク色の塊を抱き上げて顔の前まで持ってくる。

コランはぴくぴくと丸っこい耳を動かした。こっちはピンチだというのに呑気なものである。

「まさか自力でかんぬきを外して……？」

『キュ』

コランは頭を上下に揺らし、頷くような仕草でそう言った。

「私も手を焼いているのです。その子、頻繁《ひんぱん》に脱走しては厨房の野菜をかじるのです」

「そうだったんだ」

「いつも叱るのですが、全くこたえていないようで……」

コランは素知らぬ顔といった風である。

持ち上げたままじっと眺めていると小さい手足でじたばたと暴れ出したので、いったん床に下ろしてやる。

そして今度は俺の周りをちょろちょろとうろつき始めた。

「戻してきましょうか？　あ、その間に出ていこうだなんて考えないでくださいね」

「さっきのを見せられてそんな気にはなれないよ」

ラディアの首元に流れた血が目に入る。

「忘れてた、手当しないと！　回復魔法……いや、今は魔力異常か。救急箱を取ってこないと」

「ご心配には及びません」

「俺が気になるの！」

さっきハーゲンのために持ってきてそのままだった救急箱を見つけて、蓋を開ける。

茶色い瓶に入った消毒液とガーゼ、それからそれを固定するための包帯を取り出す。

随分長い包帯だがまあよしとする。

「ラディア、首見せて」

「自分でできます」

「いいから」

脱脂綿《だっしめん》らしきものを見つけたので、それに消毒液をつける。傷口にそっと当てると、ラディアは少しだけ顔をしかめた。

消毒を終え、今度は当てたガーゼを包帯で固定する。しかし、これがなかなかに難しい。包帯を巻くのにもたもたしていればガーゼが落ち、ガーゼが落ちないよう気を払っていると、いつの間にか巻いた包帯がぐちゃぐちゃになっている。

「エル様……」

ラディアが何か言いたげな目でこちらを見ているが、無視して作業を進める。

なんとかガーゼを包帯で固定し終えて、ふぅ、と息を吐く。

長い包帯をぐるぐる巻きにしてあるせいで、なんだか大怪我のように見えるが、ひとまず傷口は保護できたのでよしとする。

「二度とあんなことしないでよ」

そう言うと、ラディアは苦笑いした。

「エル様が言いつけを守ってくださるならば」

頑《かたく》なだ。あんなものを見せられたあとで言いつけを破る気はないけど、それでもなんだか怖い。

「エル、約束、絶対破らないでよ」

「もし破ったりしたら、絶対許さないから。一生恨んでやるから覚悟しときなさいよね」

兄様と姉様は怖い顔をしてそう言った。

「セイ、それはちょっとどうかと思うよ……」

「それぐらい言わないと分からないわよ、エルは！」

「じゃあ僕も化けて出てやるぐらい言ったほうがいいかな……」

「そうね……」

兄様と姉様は真剣な様子でそんなことを話している。

枕元なんかに化けて出てこられては流石に困る。

「俺が返事する前に勝手に話進めないで。ちゃんと約束は守るから」

「本当でしょうね」

「もし嘘だったら僕もセイと、一緒に化けて出るからね」

二人揃って化けて出られては、賑やかになって逆に怖くなくなりそうだが……

本人たちは息巻いて、どんな風に化けて出るか話し合っているので、黙っておいた。

なんだか趣旨が変わっている気がする。

「さぁ、ここでは冷えます。居間へ移動しましょう。温かいお茶をお入れしますから」

俺たちの会話が途切れたのを見計らって、ラディアがそう言う。

「……でも」

父様と母様がどうなっているのかも分からないのに、悠長《ゆうちょう》にお茶を飲むのは気が引ける。

俺の考えていることを察したのか、ラディアは困ったように笑う。

「心配なのは分かりますが、ただここで待っていても精神をすり減らすだけです」

「……分かったよ」

「昼間のクッキーが余っていますから、お持ちいたしますね。お先に移動していてください」

そう言い残して、ラディアはさっさと行ってしまった。

魔力異常だというのに、外では大変なことが起きているに違いないのに、屋敷の中にはいつもとさほど変わらない空気が流れている。父様と母様がいないこと以外は……

外は既に日が暮れ始めている。このまま夜になってしまったら……そんな考えが思い浮かんで、必死で振り払う。きっと大丈夫だと言い聞かせる。

「「エル、大丈夫?」」

気付けば、兄様と姉様が心配そうに俺の顔を覗き込んでいた。

「先に行ってていいよ。すぐに行くから」

「そうなの？　でも……」

兄様が困惑した顔でそう言う。

「大丈夫。勝手に出ていったりしないよ」

二人はしばらくの間その場にとどまっていたが、俺がわざと背を向けると居間のほうへ歩いていった音がした。

こっそり振り返ると、二人はちょうど廊下を曲がったところだった。その先に居間がある。

『キュ』

「コラン……お前は呑気でいいな」

そう言うと、コランはくりくりの目を吊り上げ、背中をぐっと持ち上げるようにした。

威嚇《いかく》のつもりなのだろうが、全然怖くない。

「お前も一緒に行こう。きっとラディアが野菜か何か用意してくれる」

そう言うと、コランはその場で小さくぴょんと跳ねた。

俺は居間へと向かおうとしたのだが……何かに足を引っ張られ、歩みを止める。

「コラン、どうかした？」

コランは俺の足にしがみついて、俺を見上げている。

コランの力は強く、短い前足で信じられないほどがっちりとホールドされている。

『キュ、キュキュ。キュッキュ！』

コランは何かを訴えかけるように、俺を見上げたまま懸命に鳴く。

普段は『キュ』ぐらいの一言、いや一鳴きで済ますのに、一体どうしたというのだろうか。

『キュゥ〜キュ、キュ！』

「何か言いたいのは分かるけどさ、残念ながら俺にお前の言葉は分からないんだ。不満でもあるのか？　それともどこか怪我してるとか？」

そう聞いてみるも、コランは首を小さく横に振ってみせた。どうやらどちらでもないらしい。

『キュ、キュ、キュ』

コランは一度目の『キュ』で、短い前足を使って俺を示し、二度目の『キュ』で窓の外を示した。そして最後の『キュ』でもう一度俺を見た。

何かを訴えようとしているのは十分すぎるほどに伝わってくるが、肝心の内容がさっぱり分からない。

「俺がどうかしたの？」

『キュ』

「それと窓の外にどういう関係があるんだよ」

そう言うと、コランは激しく首を横に振った。

しかし首の可動域が人間より大分狭いせいか、横に振るというよりかは震えるみたいになっている。

『キュ、キュ、キュ』

コランはもう一度さっきと同じことをした。

「俺、窓の外、俺……」

『キュゥ～』

コランは普段より低い声で唸るように鳴いた。やっぱり違うらしい。

「俺、は合ってるんだよね」

『キュ』

「じゃあ窓の外、が違う？」

『キュ！』

コランは『それだ！』という感じで元気よく鳴いた。

「でも窓の外じゃないならなんなのさ」

そう言うと、コランは動きを止めた。何かを考えているようだ。

そしてしばらくすると、ふと思い立ったように俺の体をよじ上り始めた。

止める間もなくコランは俺の肩まで上り詰めると、ピョンと近くの窓枠に飛び移った。

『キュ』

コランはまた窓の外を指し示す。

俺も窓の側までいって、コランの示した先を見る。

そこには雨の中に浮かび上がる、共和国の巨大な結界があった。

「結界を指してるの？　それとも共和国？」

コランはまた少しの間固まる。そして短く二回鳴いた。

「……どっちもってこと？」

『キュ』

コランは心なしか胸を張って、満足げにそう鳴いた。

「でも、俺と共和国に一体なんの関係が……」

『キュ、キュ、キュ』

コランはまた動作を繰り返した。俺、共和国、俺、と短い前足が指し示す。

そしてその場で後ろ足をとてとてと動かし、歩くような仕草をしてみせた。

「まさか……俺に、共和国に行けってこと？」

コランは短く鳴く代わりに、こくりと頷いた。

「悪いけど、それは無理だよ。俺は勝手な行動をするわけにはいかないんだ。父様と母様も、この領地も今は大変なんだよ。第一、俺が共和国へ行って何をしろっていうんだ」

コランは俺をじっと見ている。サファイアブルーの鮮やかな角が輝いている。

コランダムロウデント。幻想種。魔物とも精霊ともつかない、未分類の生物の総称。

「一体お前はなんなんだよ、コラン」

明らかに人語を解している上、こうしてわけの分からない主張までしてくる。

セリナさんはコランは森からついてきたと言っていた。

しかしルシアの説明によれば、幻想種は人里を避け山奥を好むはず。

だというのに、こいつは何故わざわざセリナさんについてきて、そして俺の家にいついているのだろう。檻に入れられてもおとなしくしている。脱走して野菜をかじるのを、おとなしいと言うのかは分からないが。

とにかく、コランは今の状況が気に入らないならばいつでも抜け出すことができるのだ。

あの空間魔法がいのものも使えるのだから、どこへだって自由に行けるし、いつでももといた場所に戻れるだろう。

にもかかわらず、ここにい続けるのは何故か。考えてみれば奇妙だった。

単にこの場所を気に入っているのか――それとも、何か別の目的があるのか。

『キュウ』

コランが短く鳴く。俺が突然黙り込んだのを、変に思ったのかもしれない。

「もしかして、創神祝日の日、俺を共和国に連れていったのも何か意味があってのことだったの?」

コランはやっぱり頷いた。あれからなんだかドタバタしていて、そのことについて深く考えている暇がなかったが、あの日もコランは何かを訴えようとしていた。

「お前が俺を共和国に連れていきたいのはよく分かった。でもやっぱり無理だよ。さっき言った理由もあるし、俺が行ったところで、できることがあるとも思えない」

『キュ……』

「お前は大丈夫かもしれないけど、今は魔力に異常が起きてる危険な状況なんだ。人は魔法が使えなくなるのに、魔物は強く多くなる。その上、共和国には結界が現れるし、魔物も共和国のほうから来たって噂だ。とにかく危険なんだ」

コランは名残惜《なごりお》しそうに窓の外を見やってから、俺に視線を戻す。

今度は指さしこそしなかったが、まだ諦めきれていないように見えた。

でも諦めてもらうしかないのだ。

「今が普通のときだったら、ちょっとぐらい怒られても、共和国へ行ってやれたんだけど。ごめんな、コラン」

コランはなんだかしょぼくれた顔をしていたが、すぐに窓の外を見るのをやめ、俺の肩に飛び乗ってきた。

「居間へ行こうか。コランのために野菜ももらわないとな」

『キュ』

コランのことだ、母様が作ってくれたクッキーもかじりかねない。

野菜を与えたあとも、しっかり見張っておかないと。

そう思いながら、俺は居間へと向かった。いや、向かおうとした。

「コラン……？」

ふと視界の端に入ったコランの姿を見て足を止める。

大きな目をこちらに向けているコランの、サファイアブルーの角が青い光を発していたのだ。

コランはその現象に気付いていないのか、それとも気付いていて混乱しているのか、俺の肩の上でジッと固まっている。

動かなくなったコランをそっと抱き上げて、顔の前まで持ってくる。

「これは……」

コランの額にある小さな角は、確かに内側からほのかな青い光を放っている。

コランは我に返ったように顔を上げると、むずがるように頭を振った。

短い前足で額部分を触ろうとしているようだが、手が届いていない。

「だ、大丈夫？　痛いの？」

『キュ……』

コランは力なく鳴いた。

「どうしよう、俺幻想種のことなんて何も知らない……と、とりあえずラディアたちのところへ行こう。それでお前を預かってもらって、書庫で調べてくる。それでいいか？」

『キュウ』

「よし。じゃあ急いで――」

俺がコランを抱えて踵《きびす》を返した瞬間、俺の目の前が強烈な光に包まれた。

それが何かを確認することもできず、目も開けていられないほどの眩い光に包まれる。

一体何が起こったのか分からない。

ただ腕の中のコランの感触だけが頼りで、その温もりをぎゅっと抱きしめた。

しばらくして光が落ち着いたのを感じて、そっと目を開ける。

その瞬間、腕の中から重みがなくなった。

少し間を置いて、コランが飛び降りたのだと気付いた。

「コラン？　どこ？」

光は収まったものの、眩しさにやられたせいでまだ辺りがよく見えない。

姿勢を低くして、手探りでコランを捜す。

『キュ、キュ……』

小さな鳴き声は弱々しい。

「コラン、大丈夫か⁉　コラン⁉」

声を張り上げるも、コランは鳴き声を返さない。荒い息遣いを頼りにコランを捜す。

鳴き声も上げられないほど弱っているのだろうか。呼吸も浅く激しい。

けれど一体何故？　変なものは食べさせていないし、ついさっきまでは元気だった。

怪我なんかもしていなかったはずで、弱るような要素はどこにもなかったのに。

無数の考えが頭の中を駆け巡っている間も、俺の手は忙しなく辺りを探っている。

すると、指先に柔らかい何かが触れた。

「コラン！」

コランの体は熱く、胸で息をしている。どこからどう見たって弱りきっていた。

「回復魔法をっ……だめだ、また魔力異常なんだった！　ポーション、はアイテムボックスの中。

ああもう、こんなことならポケットにでも突っ込んでおくんだった！」

今度からポーションはアイテムボックスから出しておかなくては。

緊急事態のとき、すぐに使えなくては意味がない。

俺の声が騒がしかったのか、コランは横目で俺を見た。

どうしていいのか分からなくて、とりあえず優しく撫でてみる。

撫でられるのが安心するのか、俺の冷えた手が気持ちいいのか、コランは目を細めた。

「コラン、持ち上げるけど大丈夫？　玄関じゃ床も固いし、早く居間へ――」

そう言いながら立ち上がったあとの言葉は続かなかった。

いつの間にか見えるようになっていた目は、見慣れない景色を捉えている。

ゴツゴツとした岩壁、薄暗い周囲、どこからか聞こえてくる、何かが反響する音。

ここは俺の家の玄関なんかじゃない。俺は愕然《がくぜん》とした。

「そんな……どうして」

洞窟か、それとも地下か。辺りの様子から判断するに、そんなところだった。

さっきまで俺がいた場所とは似ても似つかない。

何度瞬きをしても、目を擦っても同じだった。

『キュ……』

コランが不安げな声で力なく鳴く。

「寒いのか？」

洞窟の中は気温が低く、ほのかに吹く風は冷たい。

コランは頷く代わりに震え出した。

「ひとまず俺の服の中に入って。居心地は悪いだろうけど……」

コランはゆっくりと立ち上がると、もそもそと俺の襟元《えりもと》に潜り込んだ。

くすぐったいのを耐えていると、コランがひょっこりと顔を覗かせた。

ちょうど襟元からコランの頭だけが出ている形だ。

見た目は滑稽だろうが震えは収まったようなので、ひとまずこれでよしとする。

「どうしてこんなところに来ちゃったんだろう」

そう一人呟いてみるも、その声は壁に反響するばかりでどこからも返事がない。

普段なら『キュ』の一言を返してくれるコランも、今はすっかりダウン中なので当たり前だ。

しかし、そう呟いてみたものの、原因はなんとなく察しがついている。

だがいったん順序立てて考えてみることにした。

この場所に来てしまった原因として考えられるのは、やはり直前の強い光だろう。光が落ち着いたあと、気付けばここにいた。転移魔法のような現象、直前に光っていたコランの角……推測するに、今回も原因はコランだと思われる。

けれど、今回コランは故意《こい》にそれをしたのではないように思う。

ここへ来る前も苦しんでいたし、今だって弱りきっている。

前回、創神祝日に共和国へ連れていかれたときは、角が光ることも、苦しんだり弱ったりしている様子もなかった。

それにあのときは、強い光のあと瞬間移動するような感じではなく、景色が後ろに流れていくような感じだった。

原因はコラン以外に考えられないが、単純に結論付けてしまうには不可解なことが多すぎる。

「……とにかくここから出よう」

自分に言い聞かせるようにそう呟く。

この洞窟のような場所の中にいたままでは、ここがどの辺りなのか検討もつかない。

それに洞窟は魔力濃度が高くなりやすく、魔物も発生しやすい。

いつ暗がりから魔物が出てくるとも限らない。

もし遭遇してしまったら、魔力異常の今、俺は一貫の終わりだ。

ここには木の枝なんか落ちてなさそうだし、俺は杖を持っていない。

杖、せめて木の枝……棒状のものがなくては、新魔法は発動できない。

魔物に出会わないことを祈るしかなかった。

ふと、ひゅおお……と不気味な音が鳴った。風の音だ。

風は今いる俺の、ちょうど左方向から吹いてきている。

「ひとまずこっちに行ってみよう」

俺はそう呟くと、ゆっくりと歩き出した。

9

暗闇の中を歩き続けるのは、思いの外、体力と精神力を要した。

転ばないよう慎重に一歩一歩を踏みしめ、何かの気配を感じれば逃げられるよう、常に周囲に気を払い、耳を立てる。

早くも疲れが溜まり始め、注意力が散漫《さんまん》になっているのを感じる。

そろそろ休んだほうがいいという気持ちと、もう少しだけ進めば出口があるかもしれない、という気持ちが拮抗《きっこう》している。

そのときだった。

足裏に何か硬いものが触れるのと同時に、体が前につんのめる。

体全体に衝撃を感じたあと、ずざざ、と体が地面を擦った。

「いてて……」

どうやら転んだらしいと気付いたのは起き上がったあとだった。

手で地面を探ってみると、小さな石ころが落ちていた。これを踏んでバランスを崩したらしい。

『キュ？』

「ごめんなコラン。怪我はない？」

『キュ、キュ』

咄嗟にコランを庇《かば》うような姿勢を取ったので、怪我はなかったようだ。

コランは否定するような声色で鳴いた。

「調子はどう？　まだ苦しい？」

『キュウ』

暗闇で仕草が見えないのも相まって、コランがどういう意味で鳴いたのかは読み取れなかった。

しかし鳴き声を返してくる辺り、少しはよくなったらしい。

鳴き方もさっきのような力ないものではなくなっている。

ホッとして力が抜ける。

安心して気も抜けてしまったし、注意散漫なまま歩き続けるのも危ない。何より疲れた。

俺は岩壁に寄りかかって、しばしの間休憩を取ることにした。

地面に腰を下ろして壁にもたれかかると、コランがもぞもぞと動き出した。

「どうした？」

襟元近くにいたコランは、ごそごそと動きながら俺の腹辺りに移動している。

そして今度はシャツの下から這い出てきた。

コランは俺の足辺りまでいくと、そこに丸まった。

「なぁコラン、あの転移魔法みたいなの使って、家まで戻れたりしない？」

コランが顔を上げて俺を見る。しかしすぐに俯いてしまった。

「だめか。落ち込まなくていいよ、今回のはわざとじゃないんだろ？」

『キュ』

「なら仕方ない。きっと大丈夫だよ、俺は運がいいんだ。なんたって神様に使命託されちゃってるし、それを果たすまでは死にはしないよ」

人間相手にはこんなことは言えないが、コランに対しては勝手に口が動いた。

コランはしばらくの間、俺の足元でじっとしていたが、ふと体を起こした。

「コラン？」

コランは後ろ足で立ち上がると、前足をちょいちょいと動かした。そして数歩進むと、また俺のほうを振り向いて、同じ動きをした。

「ついてこいってこと？」

『キュ』

もしかして、コランは道が分かるのだろうか。

動物であるコランは俺より耳も鼻もずっといいはず。

空気の流れや音の反響を聞いて、出口を推測できたとしても、なんらおかしくはないように思う。

『キュ？』

俺が立ち止まったままでいると、コランが怪訝そうな声で鳴いたので、慌てて近くまで駆け寄る。

コランは満足げな顔をすると、暗い道のりをとてとてと歩き出した。俺もそのあとに続く。

しばらくコランのあとについて歩いていると、段々風の音が大きくなってきた。

出口に近付いているのだろうか。

相変わらず暗くて先はあまり見えない。暗闇に慣れた目でコランがかろうじて見えるぐらいだ。

コランは迷いなく道を選んでいく。

途中いくつか分かれ道があったが、そのときもコランは迷いなく一つの道を選んでいた。

それから随分と歩き続け、いつからか地面の感触が変わっていることに気が付く。

凸凹が減り、つるつるとしている気がする。

そうだ、この感触には覚えがある。王宮の大理石の床だ。

でもどうして洞窟内の地面がそんな感触なのだろう。

俺が首を傾げていると、ふとコランが立ち止まった。

「コラン？」

『キュ』

コランの近くへ行くと、目の前に巨大な岩が立ちはだかっていることが分かった。

暗くてよく見えないが、洞窟の壁や今まで見てきた岩とは質感が違う気がする。

手で触れてみると、表面はすべすべと滑らかで、ひんやりと冷たかった。

それは透明度の高い石なのか、中に影のようなものが見える。

もっとよく見ようと顔を寄せたところで、どこからかカタン、という物音が聞こえた。

ハッとして振り向き、神経を尖らせる。

反響しているせいで、今の音がどこから聞こえたのかは特定できない。

しかし俺やコランが立てた音でないのは確かだった。

暗闇は依然として深く、その中にいる何かの姿を確認することはできない。

魔物か、それとも別の何かか。

外にも聞こえてしまいそうなほどに、心臓がうるさい音を立てている。

「……誰だ」

荒くなる息を押し殺してそう言う。暗闇の向こうで何かが身じろぎした気がした。

これ以上ないぐらい緊張感が高まった瞬間、周囲が急激に明るくなる。

暗闇に慣れた目にはそれが眩しくて、目を開けていられなくなる。

それでも懸命に目を開くと、そこには赤茶色の髪をした、見知った少年がいた。

ディノだ。

彼は杖を右手に握っており、その少し上にはふわふわと炎が浮いている。

どうやら魔術で明かりを灯《とも》したらしかった。

「ディノ……？　どうして、こんなところに」

魔物でなかった安堵感と、ディノが何故こんな洞窟の中にいるのかという疑問とが、同時に浮かんで、混乱する。

ディノは炎を灯したまま、つまり杖を握ったまま、俺に一歩近付いた。

炎が揺らめいているせいで表情がよく見えず、それが妙に恐怖心を煽《あお》った。

「そっちこそ。どうやってこんなところまで来たんだ？」

「ちょっとトラブルがあって、転移魔法みたいなものでここに飛ばされたんだ。それより、ここは一体どこなの？」

ディノはすぐには答えなかった。

何しろ洞窟の中だ、どう答えるべきか迷っているのかもしれない。

俺が答えを待っていると、突然コランが低い声で唸り始めた。

「どうした？　もしかして、また体調が悪いのか？」

駆け寄ってそう声をかけるも、コランは唸るのをやめない。

毛も今まで見たことがないぐらい逆立っている。

「落ち着けって。急にどうしたんだよ」

そう言いながらコランを撫でるも、うっとうしげに体を震わせて振り払われてしまった。

「その子はこの間の？」

ディノはコランをしげしげと眺めながらそう言った。

「うん。でもなんだか体調がよくないみたいで。さっきはよくなってたんだけど、無理に連れまわしたからかも……」

俺が説明している間も、コランは唸り続けている。

ディノはコランをよく見ようとしたのか、杖を振って炎を移動させた。

しかしその瞬間、コランがディノに飛びかかろうとした。

「うおっ！」

ディノはなんとかそれを躱したが、コランはまだ興奮さめやらぬ様子で唸っている。

「おい、コラン！　だめだろ！」

コランをなんとか捕まえて、腕の中に閉じ込める。

ディノはあっけにとられたような顔をしている。

きっとこの小さい体で、そんなに飛び上がるとは思わなかったに違いない。

「ごめんねディノ。大丈夫？」

「ああ、問題ないよ。それにしても、結構元気なんだね。普段噛まれたりとかしない？」

「……時々」

「はは、やっぱそうだよな。さっき捕まえるとき、腕にうっすら歯形がついてるのが見えてさ」

ディノは愉快《ゆかい》そうに言った。

『キュ、キューッ……』

コランは俺の腕の中から逃げ出そうと暴れているが、かたや小動物、かたや人間である。

暴れたところで、腕の檻から逃げ出すのは無理な話だった。

もちろん、共和国に連れていかれたときみたいに大きくなられたら別だが。

そういえば、まだここがどこなのかを聞いていない。

コランが暴れたせいでディノも忘れてしまったのかもしれない。

悪いかなと思いつつ催促《さいそく》の言葉を口にしようとしたところで、コランが強く暴れ出した。

「ちょ、ちょっと、おいっ！」

必死になってコランを押さえ込む。

小さな体を傷つけないよう、けれど抜け出されないようにするのは至難の業《わざ》だ。

俺がコランと格闘していると、コランの角がまた青白い光を発し出した。

それと同時にコランがおとなしくなってくれたおかげで、俺とコランの格闘はなんとか終幕した。

必死になっているうちに、地面に倒れ込んでしまい、俺は土埃《つちぼこり》を払いながら体を起こす。

抱え込んだコランも一緒に持ち上げると、初めここに来たときに俺たちの目の前にあった、あの巨大な岩が照らし出された。

色が抜けたような白髪。珍しい紫色の瞳。一瞬自分の姿が反射したのかと思ったが、すぐに違うことに気が付いた。俺よりもずっと髪が長い。

透き通った水晶《すいしょう》の中に、俺とそっくりな白髪の女の子が閉じ込められていた。

「なんだよ、これ……」

腰辺りまで綺麗に伸ばされた白髪。伏せられた睫毛《まつげ》まで真っ白だ。

小さな口は何かを言いかけているかのように、少しだけ開かれている。

なびく白髪も、翻ったスカートもそのままに、まるで時が止まったみたいだった。

『キュ……』

コランの鳴き声で我に返る。

そうだ、ここは洞窟で、ついさっきディノと出会ったところではなかったか。

「なぁディノ、これは一体なんなんだ？　それに、ここはどこなんだ……？」

ディノは答えなかった。
俺はコランを腕に抱いたまま、じり、と一歩後ろに下がる。
そこで背中が水晶にぶつかった。退路は断たれている。
コランの角の光が強くなり、周囲がよく見えるようになる。
ここは神殿のような場所だった。白く太い柱に大理石の床。
俺の後ろにある水晶を取り囲むようにそれらは配置されていた。
洞窟の暗い色の岩壁に対し、それらの人工物は悪目立ちしているように見えた。
ディノがすっと右腕を上げる。杖を構えたのだ。
「……なんのつもりだ」
俺がそう言っても、ディノはやっぱり答えなかった。
けれど、微笑みの浮かべられていない、その顔が答えのようなものだった。
眼球だけを動かして杖の代わりになりそうなものを探すも、ここは洞窟だ。
石ころはあるものの、そんな都合のいい代物は落ちていなかった。
木の枝一本あれば済む話なのに。
ディノが無言のまま杖を掲げ、口を開く。
対話のためではなく、詠唱のためだとすぐに分かった。

ざり、と靴の裏が地面と擦れる感触がした。

「身を焦がす――」

詠唱の文句が聞こえるか聞こえないか、そんなタイミングで、腕の中のコランが身動きした。

抱え込んでいられなくなり、手を離してしまう。

あ、と思ったのも束の間、俺の目の前には巨大な狼が立っていた。

美しい薄ピンク色の毛並みに、額にはサファイアブルーの角が生えている。

驚きの声を上げる間もなく、狼はディノに襲いかかった。

しかし次の瞬間にはディノの姿はそこにはなかった。

『グルル……』

狼が低い声で唸る。

姿勢を低くして辺りを一周したあと、ようやく敵の姿がここにはないことを認めたらしい。

狼は唸るのをやめ、しゃんと立った。

その立ち姿は凛々《りり》しい。狼が俺を一瞥する。

「お前は……もしかして」

『アオー……ン』

狼の遠吠えで、俺の口にした言葉はかき消された。

薄ピンク色の狼は何度か遠吠えをしたあと、俺のほうへ近寄ってきた。

大きな狼の姿を目の前にして体が強張るも、もふ、と素晴らしい触り心地の毛が頬に触れて、それらの緊張は全て消え去った。

あの小生意気な、チンチラそっくりの生き物の触り心地と、全く一緒だった。

「コラン！」

『ガウ』

聞こえてきたのは『キュ』という可愛らしい鳴き声ではなかったが、その狼は確かに俺の呼んだ名前に答えた。

狼となったコランは、自身の顔を俺の顔に寄せ、頬ずりをした。

大きくかっこよくなったけれど、やっぱり可愛い。見た目と仕草は……

可愛いには可愛いが、状況が状況なのでいったん引き離す。

コランは心なしか名残惜しそうな顔をしていた。

「お前のおかげで助かったよ。でも、一体、何がどうなってるんだ？　お前チンチラ……じゃなくて、コランダムロウデントなんじゃなかったのか？」

『ガウ、ガウ。グルル』

コランは耳をぴくぴくと動かしながら、短く何度か区切るようにして鳴いた。

「うんうん……うん？　ごめんコラン、分かんないや」

俺がそう言うと、コランは耳をしょんぼりと垂れさせた。

心なしかチンチラ姿のときよりも可愛くなっているような。

図体《ずうたい》はデカくなったはずなのに不思議だ。

それはともかく、コランの言いたいことが分からないのは問題だ。

チンチラ姿のときは豊かな表情と、身振り手振りで奇跡的にどうにかなっていたのだが。

狼の姿では後ろ足で立つのが難しいようで、前足でのジェスチャーがない分、何を伝えようとしているのかがさっぱり分からないのだ。

俺がその旨を伝えると、コランはチンチラ姿のときと同じように、半目になってやれやれといった表情をした。

「前足が封印されてても顔で分かるぞ、顔で。不満そうな顔するなって。仕方ないだろ、俺はエスパーじゃないんだからさ」

今まで言葉が分かっているような気がしたのは、ひとえにコランの努力の賜物《たまもの》だったのだ。

コランはまだ不満げな表情を浮かべていたが、これぱっかりは諦めてもらうしかない。

それか狼姿で百面相《ひゃくめんそう》を頑張ってもらうしか。

「それにしても、一体この子は、それにここは……」

石の中に閉じ込められた俺そっくりの女の子、神殿のような場所、そして突然現れ、消えたディノ。何もかもが分からない。

「……落ち着こう」

分からない、分からないって騒いでたって何にも始まらない。

深呼吸をして、辺りを見回してみる。改めて見渡してみると、奇妙極まりない場所だった。

光源がコランの角の弱い光しかなく、ぼんやりとしか照らし出されないのも、不気味とも神秘的とも言える雰囲気を強調している。

洞窟の中にある神殿というのも十分変わっているが、何より気になるのは。

「冷静に見てもそっくりだな」

水晶の表面に手をつき、時間を止めたようにして閉じ込められている女の子を見つめる。

視線は確かにこちらを向いているのに、目が合っている感じがしない。不思議な感覚だった。

白髪に紫の目。この珍しい容姿は、俺、そして神様らしき少女以外に見たことがない。

そしてこの特徴は、千年に一度の災厄からこの世界を救うために送り込まれる聖女と一致している。

聖女という呼び方には未《いま》だに不満があるが、先代が女性だった故の呼び名なんだろう。

「……そういえば、ウォンが先代聖女と俺はそっくりだったって言ってたよな」

今まで思い出す機会もなかったが、急にそんな記憶が浮かび上がってきた。

じっと目の前の、俺そっくりの女の子を見つめる。

もしかして、本当にもしかしてだけど——この石に閉じ込められた女の子は、先代聖女なのだろうか。思いついてみると、それ以外にはあり得ないように思えた。

でも仮にそうだとしたら、この子はどうして石なんかに閉じ込められているのだろう。

聖女は世界を救ったあとに消える定めだ。

実際、俺もその一端を体験しているし、神様もそうだと認めていた。

それに、誰がどうやってこの子を石の中なんかに閉じ込めたのか。

仮に何か必要なことで、合意の上だったのだとしても、こんなの人のやることじゃない。

凍り付くように、時が止まったように、石の中に閉じ込められる。

思わずそのときの光景が頭に浮かんでしまって身震いをする。

……これもきっと、魔法だ。自然現象じゃこんなことあり得ない。

コンコン、と表面を叩いてみるも、中に女の子が閉じ込められていること以外、いたって普通の水晶のように感じる。

『くぅん……』

いつの間にか俺の足元にいたコランが、水晶に体を擦り付けるようにする。

飼い主に懐いている生き物がするような仕草だった。

水晶とコランとを視界の端に収めながら、ついさっきの出来事を思い出す。

「あんなに親切にしてくれたのに、どうしてさっきはあんなことを」

ディノのことを思い出し、暗い気持ちになる。

でも、そんなこと考えたって仕方ない。次に会ったときには敵。そう割り切るしかないのだ。

少なくとも謎の全容が明らかになるまでの間は。

謎は嫌になるほどいっぱいだが、とにもかくにも第一優先は家へ帰ることだ。

「なぁコラン、もう一回ピカッてやって帰れたりしないか？」

コランはゆっくりと首を横に振った。

「そう都合よくはいかないか……」

俺が俯いていると、コランは俺の周りをぐるぐると周り始めた。

どうやら元気づけようとしてくれているらしかった。

そのとき、どこからかコツン、コツン、と明らかに風の音とは違う音が聞こえてきた。ヒールのある靴を履《は》いた人の、足音のように聞こえる。

「っ……」

まさかまたディノが戻ってきたのだろうか、と身構える。

岩陰に隠れるようにしながら、音の方向を探る。コランに抱きつくようにして息を殺す。

音とともに、徐々に明かりが近付いてくる。

そのとき、揺れる赤毛が見えた。

「……セリナさん？」

俺の呟きは届かず、セリナさんはそのまま奥へと進んでいく。

そのまま過ぎ去ろうとするセリナさんを見て、慌てて岩陰から飛び出す。

「待って！」

「――ッ！」

俺の声に驚いて、セリナさんが腰の剣に手をかける。

しかし俺だと気が付いたのか、少ししてホッとしたような表情を浮かべた。

「魔物かと思ったぁ……よかった、君だったのね。今は魔法も使えないし、魔物だったら大変だったよ」

セリナさんは力なく笑いながらそう言った。

「驚かせてごめん。引き止めなきゃと思って」

「いいのいいの、気にしないで。わたし、昔から小心者なんだよね」

セリナさんは微笑みながらそう言ったが、声にも元気がないし、なんだか疲れているように見える。

少し前に共和国で会ったとき、セリナさんは人捜しをしていると言っていた。

それで何かあったのだろうか。

『グルル……』

そのとき、コランが唸り声を上げた。

「魔物か！」

未だ岩陰に潜んでいたコランが進み出てきて、セリナさんは再び剣を抜こうとする。

俺は慌てて一人と一匹の間に入った。

「おっ、落ち着いて！　そいつはコランなんだ、敵じゃない！」

「敵じゃない？」

「うん、だからとりあえず剣を下ろしてくれないかな。コラン、セリナさんだぞ。こっちも敵じゃないからお前も落ち着け」

『ガウ……』

コランはセリナさんに気が付いたようで、耳を垂れさせてしょんぼりしている様子だ。

こちらも敵と勘違いしたんだろう。

俺だって一瞬ディノが戻ってきたのかと思ったし。

「魔物じゃないのは分かったけど、さっきなんて言ったの？　その、わたしの聞き間違えじゃなければ……コランって聞こえたように思うんだけど。それに、水晶の女の子……」

「合ってるよ、こいつはコランだ。水晶の女の子については俺もよく分からないんだけど……」

『ガウ』

コランは頷きながらそう鳴く。セリナさんはしげしげとコランを眺めていた。

困惑するのも当たり前だ。可愛いふわふわ小動物だったコランが、いきなりデカくてかっこいい狼になってしまったのだから。

俺はその光景を目の当たりにしているから受け入れられたが、そうでなければ疑っていただろう。

「本当にサフィ——いえ、コランなのね？」

『ガウ、ガウ』

コランは肯定するようにそう鳴いた。

セリナさんはコランの反応を確認したあと、俺に向き直る。

「でも、一体何があったの？　にわかには信じられないわ」

「どうしてこうなったのかは俺も分からないんだ。ただ、こいつがコランっていうのは間違いないよ」

「あなたがそう言うのならば信じるわ、それにこの子もそう言っているみたいだし。それにしても、随分強そうな姿になったのね。ちょっぴり可愛さは減ったけど……」

セリナさんがそう言うと、コランは少し驚いたように目を見開いたのち、プイとそっぽを向いてしまった。セリナさんが面白そうに笑う。

「あはは、うそうそ。その姿でも十分可愛いよ」

コランはそっぽを向いたままだったが、尻尾がぶんぶんと揺れていた。

セリナさんがくすくすと笑うが、コランは不思議そうな顔をしている。

自分じゃ姿が変わったことに気付いていないらしい。

そんなところがちょっぴり間抜けで、思わず笑みが零れる。

セリナさんがコランの頭を撫でる。コランは嬉しそうに目を細めた。

「っと、悠長にしてる場合じゃなかった。ひとまずここから出なくっちゃ」

セリナさんはふと思い出したようにそう言うと、コランの頭から手を離す。

コランは名残惜しそうな顔をしていたが、すぐにセリナさんから離れ、俺のもとへとやってくる。

「ごめんなさい、すっかり驚いちゃって」

「大丈夫。それより、セリナさんは出口を知ってるんだね？」

「ええ、もちろん。入ってきたんだから、しっかり覚えてるよ」

セリナさんに頼れば、ひとまず脱出はできそうだ。

セリナさんまでうっかり迷い込んだだけだったら、どうしようかと思った。

「いつどこから魔物が出てくるか分からないし、ここは危険だわ。まずこの洞窟から出よう。聞きたいことは沢山あるけど今はそれが最優先。詳しい話は出たあとで聞くから、ついてきて」

セリナさんは一方的にそう言うと、踵を返して来た道を戻り始めた。俺も慌ててそれに続く。

そしてさらにその後ろにコランが続いている。

少女、子供、狼。はたから見れば奇妙な一行に見えるだろう。

セリナさんは時折俺たちを振り返りながら、迷いなく洞窟を進んでいく。

右へ、左へ。時々ある段差を、壁を、上って乗り越え、かと思えば下の層へと続いている穴を飛び下りる。自分がどこへ進んでいるのか見当もつかない。

セリナさんは一度通った道なのだろうが、よく迷わずに行けるなと背中を見つめながらひそかに感心する。セリナさんが選ぶ道は一体どこへと続いているのだろう。

「セリナさ――」

質問をしようとした矢先、セリナさんが立ち止まった。

目の前には水溜まりがある。

その水溜まりはよく見ると深く、洞窟の深いへこみに水が溜まったもののようだ。

「しまった」

「え？」

「来たときは凍らせて渡ったんだけど、今は魔力異常なんだよね……」

「まさか、魔法が使えなくて、ここ渡れない？」

セリナさんは気まずそうに視線を泳がせながら、俺の質問に頷いた。

「じゃあまさか、泳ぐしかない？」

しかし洞窟の中は暖かいわけではなく、むしろ肌寒いぐらいだ。

お互い替えの服があるわけでもないし、泳ぐのはできるなら避けたい。

別の方法がないか考えていると、水溜まりの向こうからこちらへやってくる人影が一つ。

人影は手に小さなランタンを持っているが、その明かりは微かで、距離が離れている今は持ち主の姿はよく見えない。

「――――」

聞きなれない言葉での詠唱が聞こえた。

その人物が一歩を踏み出すと、パキパキ……と小さな音を立てて水面が凍り付いていく。

距離が近付き、ランタンで俺たち、そして持ち主の姿が照らし出される。

そして現れたのは、見知った顔の人物だった。

「無事じゃったか！　カップにひびが入っての、嫌な予感がして見にきたんじゃ」

以前新魔法を開発すべく訪ねたエルフの里の長老、リーベルさんは顔を合わせるなり、大声でそう言った。

「リーベルさん！　どうしてここに？」

俺が思わず飛び出すと、リーベルさんは目を丸くした。

そしてしげしげと俺を頭のてっぺんからつま先まで眺めたあと、また俺に向き直った。

「ふむ、どうやら幻《まぼろし》ではないようじゃの。エルティード、お主がどうしてここにおるんじゃ？」

リーベルさんは心底不可解そうに言った。

だが、残念ながら俺はその答えを持ち合わせていない。

「それが、俺も分からなくて。ここは里の近くなんですか？」

「うむ、そのとおりじゃ。じゃが詳しい話は出てからにしよう。ほれ、わしから離れんようにの、濡れてしまうぞ。セリーヌも」

リーベルさんはそう言いながら、俺たちを側に呼び寄せる。

セリナさんとリーベルさんは知り合いなのだろうか。

一気に三人が乗っても、氷は危なげなく強度を保っている。

「そこのコランダムヴォルフ、お主も来るんじゃよ」

その声に反応して、コランも俺たちのもとへとやってくる。

「コランダムヴォルフ？」

「む？　お主の仲間ではないのか？」

「仲間、というより飼い主ですけど。ただ、名前が聞き慣れなかったので」

リーベルさんは俺の言葉に再び怪訝な顔をした。

「まぁよい、両方似たようなものじゃ、違いはなかろう。お主の疑問にはあとでたっぷり答えてやる、今は黙っとれ」

そう言うと、リーベルさんは歩き出した。その先の水面が新たに凍り付いていく。

氷の範囲から出ないよう、俺たちはその後に続いた。

洞窟の出口には案外あっけなく辿り着いた。

セリナさんと歩いた分で、帰り道のほとんどは過ぎていたらしい。

雨が降っているせいで、外に出ても太陽の光はなかった。

10

「長老様！　こんなときにどこへ行ってたんですか！」

そんな声が聞こえて前を見ると、傘も差さずに、俺と背格好が同じぐらいの子供が駆け寄ってきた。

以前エルフの里で友達になったケミルだ。

ケミルは息を切らしながら俺たちの前までやってくると、キッとリーベルさんを睨み付けた。

「割れたカップしか残ってないし、僕すっごく心配してたんですよ！　長老様がいなくなったら、ぼ、僕しかあの家にいないのに！　絶対に置いてかないって約束したじゃないですか！」

ケミルは泣きそうになりながらそう言う。

雨で分からないけれど、本当に少し泣いていたかもしれない。

「ケミル、落ち着くんじゃ」

「長老様はいつもそうやってはぐらかすんです！　ちゃんと真面目に――」

そこでケミルと目が合った。ケミルの動きが止まる。

「ケミル、今はお客人が見えていてな。落ち着いたら家に戻ってお茶を淹《い》れてくれるかの」

リーベルさんは優しい落ち着いた声で、ケミルの頭を撫でながらそう言う。

ケミルはみるみる間に耳まで真っ赤になった。

「～っ、もっと早く言ってくださいよ、長老様のバカ！」

ケミルはリーベルさんの手を振り払うと、またもや走り去っていってしまった。

俺が何か言う隙もなかった。あっけにとられて、ケミルの姿を目で追いかける。

リーベルさんがケミルを引き止めたり追いかけたりする様子はなく、やがてケミルの姿は草木や家々に紛れて見えなくなった。

「いいんですか？　放っておいて」

少し後ろにいるリーベルさんを振り返って、おそるおそるそう尋ねる。

リーベルさんは苦笑した。

「よくはないな。今回のことはわしに非があるのも確かじゃ。あやつは他人に取り乱しているところを見られるのを嫌がる。落ち着く時間を与えてやるのも重要じゃ」

リーベルさんは落ち着き払った様子でそう言った。

ケミルのことをよく知っているリーベルさんがそう言うなら、そうなのだろうが、それでもやっぱり心配だ。追いかけようか迷っていると、ぽん、と肩に手を置かれる。

「友人を大事に思う気持ちは尊いものじゃが、今のお主には他にやるべきことがある。分かっておろう？」

「……そう、ですね。分かりました」

「うむ。一段落したら、またケミルのところへ行ってやってくれるか。その頃にはケミルも落ち着いているじゃろうて」

リーベルさんはそう言うと、雨の中に一歩踏み出した。

「————」

聞きなれない言葉で構成された呪文は、俺には何と言っているのか分からない。

けれどそれを境に、リーベルさんの頭上で雨が跳ね返るようになる。

まるで透明の傘がそこにあるみたいだ。

「さぁ、二人とも、ついてくるのじゃ」

そう言って、リーベルさんは手招きする。俺は戸惑いながらも一歩を踏み出す。

雨に当たる感触はない。上を見上げると、俺の頭上でも雨粒が何かに阻まれるように跳ね返っている。コランもセリナさんも一緒だ。

王国の魔法とは違い、エルフの里の魔法は生活に溶け込んでいる。

前回訪れた際の服を乾かす魔法に、この傘代わりの魔法。

エルフの里で独自の魔法を練習するときに使った、雨を降らす魔法だって、もしかして水やりとかに使うのかもしれない。

エルフの里の魔法は、とても優しくて温かい。

俺が普段使うような、戦闘向きの魔法とは全然違う。

王国には家庭向けの魔法もないわけではないが、やはり一般に知られている魔法の多くは戦闘向けの殺傷力の高いもの。

魔物を駆逐する役割を担う冒険者業が大きく発展しているのも、一つの要因だろう。

『終末』が終わったら、優しい魔法を開発するのも悪くない。

せっかく魔法の才能をもらったのだから。

もっともこれは理想であって、そのとき俺はこの世界にいないかもしれないのだけれど。

「大丈夫？　顔色が悪いよ。洞窟の道のりで疲れちゃったかな」

セリナさんが横から俺の顔を覗き込んでそう言った。

「ちょっと考え事をしてただけ。心配いらないよ」

「そう？」

セリナさんはまだ納得がいかない顔をしていたが、ちょうどリーベルさんの家に到着したおかげで追及はされなかった。中に入ると、既にお茶が用意されていた。まだ湯気が立ち上っていて、ついさっき用意されたことが分かる。

「ケミル、ありがとうな」

リーベルさんがそう声をかけると、隣の部屋からガタンという音が聞こえた。

椅子に座るよう促され、向かい側にリーベルさんが、俺の隣にセリナさんが座る。

コランは俺の足元に落ち着き、俺の足を枕にしてすっかりくつろいでいる。いい身分だ。

各々が席に落ち着き、お茶を飲んで一息ついたタイミングで、リーベルさんが口を開いた。

「さて、どこから話したものか。あいにく、わしにも状況がさっぱりなんじゃが……」

「じゃあ、俺から先に説明させてもらってもいいですか？」

そう言うと、リーベルさんは静かに頷いた。

「実は俺も詳しくは分かってないので、見たままをお話するしかないんですけど。俺はついさっきまで、家の玄関にいたはずなんです。コラン……このコランダムロウデントと一緒に。ただいきなりこいつの角が光り出して、気付いたらあの洞窟にいたんです」

ひとまずディノのことは省《はぶ》き、あの洞窟に来るに至った経緯をかいつまんで説明する。

リーベルさんはそれを神妙な顔で聞いていた。コランは早くも寝息を立て始めていた。

全くもって図太いやつだ。

「一つ聞かせてほしい。わしの見たところによると、そやつはコランダムヴォルフだと思うんじゃが、ロウデントとはどういうことなのじゃ？」

リーベルさんは、俺の足元のコランを見ながらそう言う。

「そのヴォルフっていうのが分からなくて。コランは確かにコランダムロウデントのはずなんです。今は狼の姿だけど」

「ヴォルフというのは狼の意じゃ。して、姿が変わったというのは？」

リーベルさんはぐいっと体を乗り出してそう聞く。

「さっき、コランの角が光ったあとに姿が変わったんです。俺は目線を外してたのでよく分からないんですけど、気付いたときにはこの姿になってました」

『ガウ、ガウ』

自信なく説明していると、いつの間に目を覚ましたのか、コランが肯定するように吠えた。

「ふむ。妙じゃな。似た系統に属する幻想種とはいえ、姿が変わるなど聞いたこともない」

リーベルさんはジッとコランを見つめている。

コランは所在なさげにもぞもぞと身動きした。

「すまぬ、話を戻そう。では次はわしの番じゃな。見てのとおり、あの洞窟はここ、エルフの里へと繋《つな》がっておる。立ち入りは禁じておるのじゃが、セリーヌがどうしてもと聞かなくての。渋々許可したというわけじゃ。そうしたらお主を連れて出てくるものだから驚いた。とにかくエルティード、お主は気付いたら何故だか洞窟にいたんじゃな？」

リーベルさんの言葉に頷く。

「場所も経緯もさっぱりで。エルフの里の近くだってことは分かりましたが、一体あの洞窟はなんなんですか？　今、立ち入り禁止だって言ってましたけど」

俺がそう言うと、リーベルさんは顎に手を当て、露骨《ろこつ》に難しい顔をした。

暗に聞くなと言われているのか、単に話しづらい話題で、どう切り出そうか迷っているだけなのか。

「それに……」

「それに？」

リーベルさんが顔を上げる。

「俺、見たんです。石の中に閉じ込められている、白い髪の女の子を」

リーベルさんが怪訝な表情になる。

どうやらリーベルさんも、あの洞窟の中の女の子の存在は知らなかったようだ。

「石の中に？」

「はい。確かに見ました」

リーベルさんは首を傾げた。リーベルさんが何やら考え込んで話さなくなってしまったので、俺たち三人の間に沈黙が訪れる。

先ほどから黙ったままのセリナさんが気になって、ふと隣を見る。

「どうかした？」

セリナさんが小声でそう言う。

その顔にはいつもどおり微笑みが浮かべられているが、なんだか少しだけ表情が硬い気がする。

「……もしかして、セリナさんは何か知ってるの？」

セリナさんの体がぎくんと強張った。

あからさまな反応に苦笑すると、セリナさんも笑みを零した。

「参ったなぁ。君はなんでもお見通しね。うん、わたしは知ってる。あの洞窟のことも、石の中の女の子のことも」

セリナさんは眉尻を下げて、困ったようにそう言った。

「どうして知ってるの、とでも言いたげな顔だね。もちろんそれを話すこともできるけれど、今の君が聞くべきなのは、あの洞窟についてじゃないかな？」

「そう、なのかな。でも……」

「そうじゃった、思い出したぞ！」

そのとき、リーベルさんがガタンと音を立てて椅子から立ち上がった。

静かな空間から一転、突然の音に心臓が飛びはねる。

「思い出したって、何をですか？」

目をらんらんと輝かせているリーベルさんに、おそるおそるそう尋ねる。

「この里に伝えられた、あの洞窟についての伝承じゃ！」

リーベルさんはさらに身を乗り出し、興奮した様子でそう言った。

ここへ来て、またもや伝承ときたか。

色々と嫌な記憶を思い出しそうになって、慌てて振り払う。

リーベルさんの言う伝承は俺のしがらみのような伝承とは関係ない……はず。

俺が尋ねるまでもなく、リーベルさんはその伝承について語り始める。

「あの洞窟は、昔から聖なるものの宿る、神聖な洞窟と言われてきた。伝承だからはっきりしたところは不明じゃが、わしが伝え聞いた話によると、あの洞窟には古《いにしえ》の聖なるお方と、それを守る聖獣《せいじゅう》がいらっしゃるとの話じゃった。だから立ち入り禁止になっておったんじゃ。昔々のその昔に聞いたんじゃが、さっきまで頭の片隅に引っかかって出てこなくての。やっと思い出せたわ」

思い出せそうで思い出せない気持ち悪さから解放されたからか、リーベルさんはやけにすっきりとした表情でそう話した。

古の聖なるお方。どうしても聖女の存在と被る。

ならばあの俺そっくりの白髪の女の子は、やはり千年前に聖女と呼ばれた人物なのだろうか。

ちらりと横目でセリナさんを見る。

セリナさんもちょうど俺のことを見ていたようで、視線が交わる。

「全部話すよ」

唐突にセリナさんがそう言う。

先ほどの会話を聞いていなかったリーベルさんは首を傾げたが、セリナさんの真剣な表情を見てか、何も聞いてはこなかった。

「わたしが知ってること、今ここで全て話す。嘘も偽りもないって、保証する。だから――どんなに荒唐無稽《こうとうむけい》で信じがたい話でも、信じると約束してほしい……だめ、かな？」

途中まで毅然《きぜん》とした様子で話していたセリナさんだが、最後になって急に弱気になった。

「信じるよ。絶対に信じる」

「ありがとう」

俺の言葉に、セリナさんはそう言って笑った。

リーベルさんが突然セリナさんの名前を呼ぶ。

「セリーヌ」

「リーベルさん、ごめん。あなたにも隠していたことが沢山あるの」

そこで気が付いた。リーベルさんはさっきからずっと、セリナさんを『セリーヌ』と呼んでいるのだ。

セリナさんの本名は、『セリーヌ・ラムダ』。

普段セリナさんは、俺に言ったように『セリナ』の名を使っているはずだ。

皇帝である彼女の顔は知らなくとも、名前は知られている可能性があるからだろう。

リーベルさんが本名の『セリーヌ』という名で呼んでいるということは、リーベルさんはセリナさんの事情を知っているのだろうか。

しかし今セリナさんは、リーベルさんにも隠していたことがあると言った。

情報が一気に入ってきて、混乱する。

「色々ややこしいことになっちゃったけど、今から順を追って説明するから心配しないで。その代わり、ちょっぴり話が長くなっちゃうけど」

俺が混乱しているのが分かったのか、セリナさんは控えめに笑いながらそう言った。

「まず、私——セリーヌ・ラムダが国を出ることになったきっかけから説明するね」

セリナさんはそう前置きして、聖女と千年前に起こったことについて、話し始めたのだった——

月が導く異世界道中
Tsukiga Michibiku Isekai Dochu
あずみ圭
Azumi Kei
1〜18
8.5
シリーズ累計
350万部
(電子含む)
の超人気作!
TVアニメ 第2期
2024年1月から
2クール
放送決定!
異世界へと召喚された平凡な高校生、深澄真。彼は女神に「顔が不細工」と罵られ、問答無用で最果ての荒野に飛ばされてしまう。人の温もりを求めて彷徨う真だが、仲間になった美女達は、元竜と元蜘蛛!? とことん不運、されどチート真の異世界珍道中が始まった!
2期までに
原作シリーズもチェック!
●各定価：1320円(10%税込)
Illustration：マツモトミツアキ
1〜18巻好評発売中!!
漫画：木野コトラ
●各定価：748円(10%税込) ●B6判
コミックス1〜12巻好評発売中!!

大国アストリアの第二王子ニート。自称【穀潰士】で引きこもりな彼は、無自覚ながらも魔術の天才! 自作魔術でお家生活を快適にして楽しんでいたが、父王の命令で国立魔術学院へ入学することに。個性的な友人に恵まれ、案外悪くない学院生活を満喫しつつも、唯一気になるのは、自分以外の人間が弱すぎることだった。やがて、ニートを無自覚に育てた元凶である第一王子アレクが、大事件を起こす。国の未来がかかった騒乱の中、ニートの運命が変わり始める——!

●定価:1320円(10%税込) ISBN 978-4-434-32484-0 ●illustration:ぺんぐぅ

この作品に対する皆様のご意見・ご感想をお待ちしております。

おハガキ・お手紙は以下の宛先にお送りください。

【宛先】

〒150-6008 東京都渋谷区恵比寿 4-20-3 恵比寿ガーデンプレイスタワー 8F
（株）アルファポリス　書籍感想係

メールフォームでのご意見・ご感想は右のＱＲコードから、
あるいは以下のワードで検索をかけてください。

アルファポリス　書籍の感想　検索

ご感想はこちらから

本書は Web サイト「アルファポリス」（https://www.alphapolis.co.jp/）に投稿されたものを、改題・改稿、加筆のうえ、書籍化したものです。

転生《てんせい》したら、なんか頼《たよ》られるんですが 4

猫月《ねこづき》　晴《はる》　著

2023年 11月30日初版発行

編集－和多萌子・宮坂剛
編集長－太田鉄平
発行者－梶本雄介
発行所－株式会社アルファポリス
〒150-6008 東京都渋谷区恵比寿4-20-3 恵比寿ガーデンプレイスタワー8F
TEL 03-6277-1601（営業）　03-6277-1602（編集）
URL https://www.alphapolis.co.jp/
発売元－株式会社星雲社（共同出版社・流通責任出版社）
〒112-0005 東京都文京区水道1-3-30
TEL 03-3868-3275
装丁・本文イラスト－たてじまうり
装丁デザイン－AFTERGLOW
印刷－中央精版印刷株式会社

価格はカバーに表示されてあります。

落丁乱丁の場合はアルファポリスまでご連絡ください。

送料は小社負担でお取り替えします。


ISBN978-4-434-32945-6　C0093